『コワルスキーの大冒険』

コワルスキーの手の中で、グレイブが大きくひるがえった。(82ページ参照)

ハヤカワ文庫JA

〈JA1511〉

クラッシャージョウ別巻③

コワルスキーの大冒険

高千穂　遙

早川書房

8772

カバー／口絵／挿絵　安彦良和

目次

第一章　クルセイダーズ　7
第二章　ジェントル・リリー　58
第三章　バランガの森　118
第四章　人喰いアグワニ　181
第五章　ヨミの翼　241

コワルスキーの大冒険

第一章　クルセイダーズ

1

コワルスキーは、メインスクリーンを凝視《ぎょうし》していた。

艦長席に腰を置き、口を真一文字に閉じて、マルチ画面に表示される映像を目で追っている。大量の数字。三次元模式図。船外状況。映像は、目まぐるしく入れ替わる。

「加速不可能です」

ウィンダム一等宙曹が首をめぐらして言った。〈コルドバ〉の操舵手だ。コワルスキーの左手下方、操縦席に着いて主コンソールのレバーを握っている。

「メインエンジンの出力が、すべて低下しているわ」

サブスクリーンに機関長の顔が入った。リュミノ少佐。階級こそコワルスキーよりも下だが、年齢は十四歳上の女性士官である。

「完全に機能停止したのは一基だけ。でも、あとの四基も瀕死の状態よ。システム全体がダメージを受けている……」

けたたましい雑音が入った。機関長の言葉に重なった。

コワルスキーは通信スクリーンに視線を移した。そこに、ジョウの顔が一瞬、映った。ひどく乱れた映像だ。顔はすぐに失せ、ホワイトノイズに変わった。

「ジョウ、だめだ！」

コワルスキーは言った。平静を保っていたはずだが、声が少し大きくなった。語尾もかすれた。

「コワルスキー！」

ジョウの声が返ってきた。

「パワーが足りん」

コワルスキーはつづけた。

「コワルス……」

通信が切れた。画面がブラックアウトし、音声も途切れた。

コワルスキーは正面に向き直った。

静かだった。

もちろん、無音ではない。低く抑えられているが、警報音もずうっと鳴っている。しかし、それでも〈コルドバ〉の艦橋は、ある種の静謐《せいひつ》に満たされていた。

ここにいる乗員は五名。その誰もが、この絶望的な状況下でも取り乱してはいない。強い緊張をみなぎらせながら、動揺を押し殺している。恐怖をおぼえていない者など、ひとりもいないはずなのに。

「！」

とつぜん、コワルスキーは気がついた。

「ガストン」

副長を呼んだ。ガストンはコワルスキーの右脇の席に控えていた。

「いまの通信は？」

コワルスキーは訊《き》いた。

「ハイパーウェーブです」

「通じたんだな」

「はっ」

ハイパーウェーブは、超空間通信である。原理そのものはワープと同じだ。

ジョウの言葉を思いだした。少し前のやりとりだ。

「そこでワープしろ！　コワルスキー」

と、そのときジョウは言った。

「無理だ」

コワルスキーは、そう答えた。

「アルームが近すぎる。重力場の影響が、あまりにも大きい。ここでは、とてもワープできん」

とも言った。

これは、当然のことだ。船乗りの常識からしてみれば、ブラックホールを前にしてのワープなど、ありえない選択である。自殺行為と言っていい。百パーセント、船が引き裂かれ、宇宙の藻屑《もくず》となる。

しかし。

本当に無理なのか？

無謀な行為なのか？

コワルスキーは自問した。

クラッシャーは馬鹿だ。向こう見ずのならず者だ。誰もが「むちゃだ」「やれるわけがない」と言っていることを平気でやる。一か八かに、ためらうことなくおのれの命を懸ける。そして、生き延びる。

「おもしろい」

コワルスキーはつぶやいた。

「は？」

副長がコワルスキーを見た。

「クラッシャーだ」

コワルスキーは言った。口もとにかすかな笑みが浮かんだ。

「はあ」

「人間、一度は馬鹿になったほうがいいかもしれん」

「艦長」

「ワープする」

「…………」

ガストンの表情がこわばった。

「わしも連合宇宙軍大佐のコワルスキーだ。〈コルドバ〉の艦長として、何もせずに座して死を待つことなどできない。なりふりかまわず、運命に抗《あらが》ってやる。おまえたち、ついてこれるか？」

「艦長に従います」

ためらうことなく、ガストンは答えた。

「ウィンダム！」

コワルスキーは首をめぐらした。

「はっ」

「最大出力でワープしろ」

「はっ」

「機関長」

「聞こえているわ」

リュミノ少佐が応じた。

「動力、全開だ。ブラックホールに向かって最大加速に入る。同時に、残存エネルギーのすべてをワープ機関に注ぎこむ」

「座標設定はどうしましょう?」

航宙士のイグラムが訊いた。

「必要ない」コワルスキーは即答した。

「むちゃを承知で、とにかくワープする。アルームがブラックホール化して、いま生まれたばかりの重力トンネルにワープ空間をぶつけてやるのだ。何が起きるのかは、わからん。もしかしたら、〈コルドバ〉が即座に爆発するかもしれん。宇宙が裂けてしまう恐れもある。だが、この状況下で短時間でもハイパーウェーブが通じたことは事実だ。ならば、ワープ空間がひらく可能性も皆無じゃない」

「驚くわ」機関長が声をあげて笑った。

「あのコワルスキー大佐が、そんなこと言いだすなんて」

「そうだな」コワルスキーはうなずいた。

「わしもびっくりしている」

電子音が鳴った。ワープ機関のエネルギー充塡がはじまった。

コワルスキーは音声チャンネルを切り替えた。
一、二秒瞑目《めいもく》し、それから口をひらいた。
「艦長のコワルスキーだ。全乗員に告ぐ。本艦は、これよりワープする。何が起きるのかは、わからん。わからんが、やる。おまえたち、みんな命を預けてくれ。わしを信じて」

「ワープまで三十秒です」

イグラムが言った。

「…………」

「十秒前」

カウントダウンがはじまった。

ブリッジの照明が落ちる。艦内通信も途絶えた。メインスクリーンもブラックアウトした。

Gを感じる。コワルスキーの背中が、シートのバックレストを強く押した。〈コルドバ〉が加速している。慣性中和機構が吸収できないレベルの猛烈な加速だ。航行速度は、限りなく光速に近づいている。

「……三、二、一」イグラムの声が異様に高く響いた。

「ワープイン！」

刹那《せつな》。

光が生じた。

七色の光だ。

ワープボウである。

しかし、それはなんという光景だ。

何百回、何千回というワープを、コワルスキーは経験してきた。そのコワルスキーにして、こんなワープボウを目にするのは生涯はじめてだった。

乱舞する光。さまざまな色が視界のそこかしこでつぎつぎとひらき、激しく渦を巻く。光は混ざり合って白くなり、またあらたな色の光がその上に出現する。

見ているか、ジョウ？

ふと、コワルスキーはそう思った。

おまえはきっとこの光を目にして、ブラックホールに飲みこまれる寸前に〈コルドバ〉が爆発したと思うことだろう。

光が失せた。

唐突に消えた。

闇。

真っ暗になった。

何も見えない。何も感じない。

意識が闇の底へと吸いこまれていく。

これは……そう。果てしのない落下だ。どこまでもつづく、暗黒の空間。

無の世界へと。

コワルスキーは突入した。

2

衝撃が全身を揺さぶった。

コワルスキーの意識が戻った。

失神していたのか？

わからない。タイムラグはなかった。闇に包まれたことは覚えている。だが、それはいつのことだろう？　数秒前？　二時間前？　十日前？　数年前？

思考が乱れる。

違う。

乱れているのは思考ではない。

すべてだ。

コワルスキーを取り巻く場のすべてが乱れ、いびつに歪《ゆが》んでいる。

死んだのか、俺は？

それとも。

唐突に光が戻った。

淡いぼんやりとした光だったが、物の輪郭は見てとれる。

ブラックアウトした大型のスクリーンがあり、その前に主コンソールが置かれている。

そしていくつかのシート。そこにおさまっているのは、ぴくりとも動かない人影だ。
一、二、三、四人。
〈コルドバ〉の艦橋だ。ここは。

コワルスキーは右手に目をやった。

「ガストン」

声をかけた。

隣接する席に副長がいた。コンソールに上体をもたせかけ、突っ伏している。反応はない。生死不明だ。

「ガストン！」

もう一度、声をかけた。

数秒の間を置いて、肩が小さく跳《は》ねた。ぴくっと動き、背中がわずかに揺れた。

そのまま、しばし待った。

ややあって、ガストンは上体を起こした。

首を二、三度、横に振った。

視線がコワルスキーを捉えた。それで、我に返った。双眸《そうぼう》が大きく見ひらかれた。

「艦長」

言葉が漏れた。

「気がついたな」

コワルスキーは言う。

「ここは……」

「少なくとも、地獄ではない」

「ワープアウトしたんですか？」

「わからん」コワルスキーはかぶりを振った。

「それをいまから確認する」

「自分がやります」

ガストンがシートに付属しているサブコンソールに手を伸ばした。指がいくつかのキーを打った。メインスクリーンをオンにした。

何も映らない。

スクリーンはブラックアウトしたままだ。

「どうなってんの！」

声が響いた。

ガストンは背後を振り返った。

艦橋のドアがひらき、そこにリュミノが立っていた。褐色の肌。大きな黒い瞳。そして、背が高い。百八十センチは優にある。士官の軍服ではなく、作業用のスペースジャケットに身を包み、腰に両手をあてている。

「機関長」

コワルスキーがシートを回転させた。

「艦内通信がつながらないわ」リュミノが言った。

「動力は供給している。出力はちょっと低いけど発光パネルを低輝度で光らせ、人工重力を〇・一G前後に保てられるくらいは。でも、システムが応答してくれない。ここのドアも手動でこじあけた。ワープしてから、何が起きたの？　〈コルドバ〉は、どういう状況にあるの」

「その質問から察するに」コワルスキーが言った。

「機関長も気絶していたんだな」

「そうよ」リュミノは小さくうなずいた。

「機関室の全員ね。みんな、さっき意識を戻したわ。それでここを呼びだそうとしたんだけど、できなかった。たぶん、すべての部署が同じ状況に陥っている」

「か……ん……ちょう」

べつの声が割って入った。ウィンダムの声だ。操舵手は自分の席で頭をもたげ、体をよじって視線を宙に泳がせている。

「大丈夫か？」

ガストンが駆け寄った。

「は……い」

失神したとき、コンソールパネルで額を打ったらしい。手で頭を押さえている。

「代わる。そっちの席で休んでいろ」

ウィンダムを予備のシートに移した。見ると、他の三人も意識を回復させている。射撃手のコーバス、副操舵手ネイカ、そしてイグラムだ。三人とも、ウィンダムほどのダメージはないらしい。

ガストンがシステムの再起動を試みた。

「どうだ？」

コワルスキーが訊いた。

「メインはだめです」ガストンはキーを打ちまくっている。

「非常システムで生命維持装置は動いています。あと、最小限の照明コントロールも。姿勢制御系のノズルもなんとかなりそうです。しかし、それ以外は……」

「現在位置はわかるか？」

「無理です」イグラムが答えた。

「空間表示立体スクリーンが死んでます」

「光学望遠鏡なら使えると思いますが」

ガストンがつづけた。

「技能訓練室に設置されているおもちゃか」

「望遠鏡としての性能は高いと言われています」

「そうね」リュミノが言った。

「使いこなせる人がいるのなら、いまはおもちゃに頼るしかない」

「自分ができます」イグラムがシートから立ちあがった。

「観測訓練を受講し、ライセンスも持っています」

「わかった」コワルスキーが大きくうなずいた。

「精度は低くても、とにかくデータがほしい。それがないと、方針を立てることもできん」

「すぐにはじめましょ」リュミノがぱんと手を打った。

「あたしは艦内をまわって乗員にこのことを伝えてくる。それまでには、その方針ってのを決めておいてね」

「まかせとけ」

コワルスキーは胸を張った。

艦橋をでて、二手に分かれた。コワルスキーとイグラムが技能訓練室に向かい、リュミノが三人を引き連れて伝令に走る。ガストンは艦橋に残した。

二層下って、技能訓練室に着いた。途中で数人の乗員に出会った。かれらには現況を説明し、このことを同階層の乗員すべてに知らせるよう命じた。

技能訓練室にはドーム状の窓がある。直径五メートルを超える大型の窓で、望遠鏡はそこにしつらえられている。レンズ径五十センチの反射望遠鏡だ。窓の向こう側は、漆《しっ》黒《こく》の宇宙空間で、通常はKZ合金のシャッターで表面が覆《おお》われている。そのシャッターをイグラムが手動でひらいた。

「モニターはだめだ。何も映らない」

望遠鏡の台座に備えられたコンソールのキーをコワルスキーが打った。

「肉眼で観測します」

台座部にあるシートにイグラムがのぼり、腰を置いた。コンソールから離れ、台座のシャフトから伸びるハンドルをコワルスキーがまわした。

望遠鏡の鏡筒がゆっくりと動く。何もかも手動だ。訓練用の機材でしかないため、観測機器としての実用性はほぼない。

「まさか、こんなものに頼ることになろうとはな」

ハンドルをまわしながら、コワルスキーがつぶやく。

イグラムはファインダーを覗き、目印となりそうな天体を探した。星ではなく、星雲だ。いまどこにいるのかはまったくわからないが、もとの銀河系内にとどまっているのなら星雲の形状に変化は生じない。同定できるはずだ。

しばし時間が流れた。

「止めてください」イグラムが言った。

「少し戻していただけますか」

「おう」

コワルスキーはハンドルを逆方向にまわした。艦長が航宙士の指示で作業をしている。

奇妙な光景だ。

「もう少しです」

「これで、どうだ？」

「捕捉しました。確認します」

イグラムはシートを下げ、ファインダーから接眼レンズへと顔の位置を移した。

「アンドロメダです。間違いありません」小さくあごを引いた。

「座標を記録します」

3

コワルスキーとイグラムは艦橋に戻った。

望遠鏡相手に二時間ほど費やしたが、それだけの時間が経過していても、艦橋にいたのはガストンひとりだった。リュミノの姿はない。伝令作業がまだ終わっていないのだろう。

「あらゆることに手間がかかる」

コワルスキーは艦長席に着き、ふうと息を吐いた。

「システムの復旧は、いま現在不可能です」ガストンが言った。

「ハード的に完全クラッシュしています。修理も無理でしょう」

イグラムが緊急時用の収納ボックスからハンディタイプの計算機をとりだした。

望遠鏡で収集したデータをもとに計算をはじめる。計算機の能力は、当然だが低い。しかし、使えないことはない。数字を手で正しく打ちこめば、高度な関数計算もできる。

「広すぎるわね、この船」

ぼやきながらリュミノが艦橋に入ってきた。

「ひとりなのか？」

コワルスキーが訊いた。

「伝令作業は続行中よ。数十人で動いているから、たぶんもうすぐ終わるわ。あたしは動力の現況について報告するために戻ってきた」

「復活の目処《めど》は？」

「最低限の供給はできる。つまり、いまの状態の維持ね。でも、システムが死んでいる限り、出力をあげることはできない。安全確保の関係で、手動コントロールは上限値が低くなるのよ」

「やれやれだな」

「で、どうなの？　そっちは」

「ざっと計算した限りですが」イグラムが言った。

「いくつか判明したことがあります」

「聞かせろ」

　コワルスキーが視線を正面に戻した。

「現在位置はこぐま座宙域です。確実ではありませんが、百光年以内に複数の太陽系がありますす。〈コルドバ〉の巡航速度も計算できました」

「ほお」

「光速の八十五パーセントです」

「なに？」

　コワルスキーの目が丸くなった。

「ぶっ飛んでるわね」

　リュミノが肩をすくめた。

「ブラックホールに引きずりこまれたとき加速したんだな」

うなるようにコワルスキーが言った。

「その慣性速度を維持したままワープイン、ワープアウトしたってこと？」

　リュミノは信じられないといった表情で首を左右に振っている。

「わからん」コワルスキーは口もとを歪めた。

「こんなことを経験した人類は、どこにもいない」

「しかし、悪くない話です。これは」

イグラムが言った。

「どういう意味だ？」

「この太陽系です」

イグラムは右手に握った端末を前に突きだした。その先端部分から星図の３Ｄ映像が空中に浮かびあがった。

「百光年どころか、二光年以内に存在する可能性が大です。その場合、減速さえうまくいけば、数年程度で到達しうるのではないかと考えます」

「嘘でしょ」リュミノが言った。

「やみくもにワープしたら、わずか数光年のところに太陽系があったなんて、都合がよすぎる話だわ、それ」

「もしかして」ガストンが言った。

「ワープグルーヴかも」

「ワープグルーヴだと？」眉間に縦じわを寄せ、コワルスキーが言った。

「そいつは、証明されていない架空理論じゃないのか」

「都市伝説みたいなものね」

リュミノは肩をすくめた。

ワープ直後、ワープアウト地点に生じる溝のような時空の歪み。それがワープグルーヴだ。跳躍距離設定を省いてワープしたとき、その溝に導かれるように特定のワープポイントに飛びだすことがある。そういう説だ。物理学者による机上の考察のひとつであり、実証はいっさいなされていない。

「ですが、ワープグルーヴだと考えれば、ありうることです」

ガストンは引かない。

「結果で見たら、いかがでしょう」イグラムが割って入った。

「われわれは誰も成し遂げたことがないことをやってしまったのです。何があっても、おかしくはありません。理論や、その証明はどうでもいいことです。〈コルドバ〉はブラックホールに飲みこまれる寸前にワープした。そして、ここにワープアウトした。事実はそれだけであり、それをすべて無条件で受け入れるべきだと思います」

「ふむ」コワルスキーは鼻を鳴らした。

「まさしくそのとおりだな」

「あれこれ言っても、はじまらないってことね」

リュミノも納得した。

「イグラム」

「はっ」

「もう少し観測をつづけたら、計算値の精度をあげられるか？」

「もちろんです」

「では、それをやってもらおう。乗員は艦内の総点検を総出でおこない、機関長と副長には、いまの動力供給量で効率的な減速が可能かどうかを調べてもらう」

「何もかも手動だけど、時間だけはたっぷり使えそうね」

リュミノは言う。

「無限ではないがな」

「がんばるわよ。みんな、そうするでしょ」

「ああ」コワルスキーはブラックアウトしたままのメインスクリーンに目を向けた。

「ひたすらあがくんだ。生き延びるために」


六十時間が経過した。

目まぐるしい六十時間だった。

まずは艦内通信網を完成させた。有線と無線が入り混じった急ごしらえの通信機で、音声しかサポートされていない。だが、意思疎通はそれで十分にできる。少なくとも、伝令のために乗員たちが艦内を走りまわる必要はなくなった。

乗員の再配置もおこなった。艦内生活のありとあらゆることがシステムによって自動化されていた。それが断たれたいま、食事ひとつまともに供与されない。

まずは食の確保が最優先事項となった。住は当面、問題ない。衣もあとまわしでなんとかなる。しかし、飲まず食わずで生き抜くのは不可能だ。食品の管理と調理は一から十までシステムに委《ゆだ》ねられていた。食材がどこに保管されているのかも、すぐにはわからなかった。四時間に及ぶ艦内捜索で、ようやく食糧の貯蔵庫が見つかった。

急ぎ、調理部隊を編成した。家庭であっても、趣味以外で料理をすることなどほぼないのだが、この状況下では誰かがやらざるをえない。経験者を募り、かれらを隊長に据《す》えた。

メインエンジンの修理もはじめた。だが、それはすぐに無理だと判明した。破損がひどく、手の施しようがない。それどころか、他の三基のエンジンにも致命的な損傷が見つかった。仮にシステムが復旧したとしても、このエンジンを使うことはできない。強引に起動させようとしたら、百パーセントの確率で爆発する。そう診断された。これはむしろ、システムダウンが幸いしたのかもしれない。

姿勢制御用のサブノズルは、半数ほどが無傷であると判定された。ただし、あくまでも手作業での簡易チェックである。完璧にはほど遠い。いつか必要になる減速のためにも、まずは一基一基、徹底的に検査だ。そして、使えるか否かの判断を下す。その任に、乗員の半数近くを充《あ》てた。本格的な噴射試験は、それからだ。

ひととおりの人員再配置がすんだころ、イグラムから計算完了の報告が届いた。

コワルスキーはガストンを連れて技能訓練室に赴《おもむ》いた。

技能訓練室には十六人の乗員が集まっていた。イグラムが選任した、かれのチームだ。

システム抜きで高度な演算をおこなうとなると、この人数でも数十時間を要した。

「ご苦労だった」席を立ち、敬礼する十六人を手で制してコワルスキーは言った。

「はじめてくれ」

「この太陽系です」

イグラムは床上に大きく浮かびあがっている3D映像を示した。中央に恒星があり、その周囲をいくつかの惑星がめぐっている。あまり鮮明な映像ではなく、輪郭が甘い。惑星の数も判然としない。

「恒星までの距離は？」

「〇・五三光年。誤差はプラスマイナスで二十パーセントです」

「〇・五三光年？」コワルスキーの眉がぴくんと跳ねた。

「そんなに近いのか」

「サイズから見て、ソルに極めて近いタイプの恒星と思われます。惑星は観測できたものだけです。光学望遠鏡では大型惑星しか確認できません」

「到達できるんだな」

「減速も含めて一年以上かかると思われますが、不可能ではないでしょう」

「わかった」コワルスキーは大きくうなずいた。

「他に選択肢はない。われわれは、その太陽系を目指す。何があっても、たどりつく」

「ゴールですね。ここが」

つぶやくように、ガストンが言った。

「それはいい」

ふいに首をめぐらし、コワルスキーが言った。

「は？」

「この恒星に、仮の名をつけよう」

「…………」

「ゴールだ」

4

メインスクリーンに、惑星の映像が大きく映しだされている。

恒星ゴールの第三惑星だ。望遠鏡でとらえたゴールのリアルタイム画像である。ケーブル経由で艦橋まで転送している。

いま〈コルドバ〉は、その第三惑星の衛星軌道に限りなく近づいていた。

ついにここまできた。

ワープアウトしてから一万時間余。

思えば、壮絶な戦いの日々だった。

コワルスキーの脳裏に、さまざまな映像が浮かんだ。

システムに頼ることなく、百八十三人の男女が〈コルドバ〉の艦内という限られた空間で一年以上を生き抜いていく。

容易なことではなかった。当初はありとあらゆる問題が噴出し、その対応にコワルスキーは追われた。人員配置を再編成して、技術教育もおこなった。重要なのは機器や装置のメンテナンスだ。それらはすべてシステムのＡＩがおこなってきた。それを乗員が、何もかも手作業でやらなくてはいけない。破損したパーツの修理もそうだ。なければ、つくる。そのための工具もつくる。

苦戦したのは、〈コルドバ〉の減速作業だった。当たり前のことだが、これほどの超高速からシステムの補助なしで、しかもサブノズルだけで正確な位置すら定かではない太陽系目指して航行速度を落としていくなどという破天荒なまねをした船乗りなど、どこにもいない。大まかな数値で航路を計算し、勘でノズル噴射をおこなうという雑な手法で、むりやりねじ伏せた。減速しすぎれば、到着が大幅に遅れる。適切に減速できていなかったら、目標を通過して行きすぎ、宇宙の迷子になりかねない。

繰り返しおこなった望遠鏡での観測で、目標となる惑星が確定した。

それが、第三惑星だった。恒星ゴールには、六つの惑星があった。第一惑星はゴールに近すぎた。第二惑星は小さく、大気がほとんどない。第四、第五、第六惑星は巨大なガス状惑星である。

第三惑星は、観測結果による判断でしかないが、人類の生存に適した環境を有している可能性が高かった。青い星で、水蒸気由来とおぼしき白い雲も視認できた。

目指すとすれば、この星しかない。

数か月にわたり、ナビゲーション部隊は三時間おきに再計算を繰り返した。その計算データをもとにサブノズルで微調整をおこない、針路を修正する。

第五惑星で減速スイングバイをするというプランができた。

巨大なガス状惑星を利用して最終減速をおこない、第三惑星の衛星軌道に〈コルドバ〉を送りこむ。

難易度の高いプランだったが、やらざるをえなかった。動力も含めて、〈コルドバ〉の推進機関まわりがほぼ限界状態に陥っていたからだ。

もちろん、打てる手は尽くした。しかし、機材がない以上、完全な修理は不可能だった。

減速スイングバイは無事に成功した。

乗員五十人がかりでサブノズルを手動操作し、〈コルドバ〉は第三惑星へと至った。

コワルスキーは艦橋にいた。

システムが死んでいる以上、艦橋は艦橋としての用をなしていない。コワルスキーの個人的執務室として使われていた。

だが、いまはそこに、ガストン、ウィンダム、イグラムが集まっている。

そして。

ドアがひらき、リュミノが入ってきた。

機関長が持ち場を離れて艦橋にあらわれた。

「やはり無理か？」スクリーンを見据えたまま、コワルスキーが問うた。

「無理ね。衛星軌道上にとどまることはできない。みんな必死で調整しつづけている。でも、動いているだけで、ほぼ奇跡」

「救難艇の準備は完了している」コワルスキーは言葉をつづけた。

「ガストン、全員を救難艇に乗せろ」

「はっ」

コワルスキーの顔には、苦悶《くもん》のそれに似た表情が浮かんでいる。

自分の艦を捨てることになったからだ。

七十時間前、機関長がもたらした現況報告を聞いたとき、コワルスキーは言葉を失った。

「このまま稼働を継続させたら、間違いなく機関暴走に至るわ。運に恵まれればいきなり停止するだけですむけど、最悪の場合は反応が制御不能に陥り、動力炉ごと〈コルドバ〉が爆発する」

リュミノは、そう言った。

「リミットはいつだ？」

「わからない。五時間後か。五十時間後か。百時間後か」

「…………」

「救難艇での脱出を進言します」

「それができるのは、〈コルドバ〉が第三惑星の衛星軌道に進入したときだ。でないと、脱出が成功したとしても、救援がこないまま全員が宇宙空間で野垂れ死となる。救難艇で助かることを考えるのなら、第三惑星への降下しかない」

「衛星軌道への進入予定は？」

「七十時間後だな」

「そこそこ高いハードルね」

「なんとしても、越えてもらいたい」

コワルスキーが言った。

「いいわ」リュミノは小さくあごを引いた。

「全力を尽くしてみる」

全力は、尽くされた。

七十時間が過ぎても、機関は停止しなかった。動力炉が爆発することもなかった。

ただし、それとはべつの大きな問題が生じた。

〈コルドバ〉は衛星軌道にのれない。周回が不可能となった。

速度を完璧にコントロールできなかったのだ。ほんの少しだが、オーバースピードとなった。

衛星軌道をかすめたあと、〈コルドバ〉は第三惑星から離れていく。

となれば、打てる手はひとつ。そのかすめた瞬間に、乗員全員が救難艇で脱出し、地上降下をおこなう。その場合、機密保全のために、やるべきことがあった。

意図的な機関暴走を起こし、〈コルドバ〉を自爆させる。宇宙の塵とする。

やりとりを終えたリュミノが、艦橋から機関室へと戻っていった。彼女とその部下は、衛星軌道到達寸前まで〈コルドバ〉の動力炉の保守作業をおこなう。エネルギーを供給し、サブノズルを噴射させる。

ガストン、ウィンダム、イグラムは救難艇の一号機に移乗した。

救難艇は五十隻搭載されていた。一隻に最大四人が収容できる。乗船ではない。収容だ。狭い空間に横たわるような姿勢で乗員は円筒形の細長い筒の中へと押しこめられる。宇宙服の着用は必須だ。船乗りはみな〝コフィン〟と呼んでいる。

　コワルスキーひとりが艦橋に残った。

艦長がここをあとにするのは、最後の最後だ。

機関室のリュミノから、その報告が届いたら、コワルスキーもコフィンにもぐりこむ。

メインスクリーンを凝視し、コワルスキーはそのときを待った。

「作業完了」通信機からリュミノの声が流れた。

「下で会いましょう」

　コワルスキーは全救難艇の射出タイマーをオンにして、シートから立ちあがった。艦と運命をともにするという選択肢もあった。だが、それはできない。〈コルドバ〉を失ったとしても、コワルスキーは艦長だ。乗員が無事なら、つぎはかれらを家まで帰す責任を負う。

　艦橋をでた。通路を進み、コフィンの格納庫に入った。救難艇一号機。軍服の上着を脱ぎ、スペースジャケット姿になって宇宙服を着てヘルメットをかぶった。ハッチをひらき、頭から筒の中へとすべりこむ。ハッチが閉まった。視界が闇に覆われ、全身が緩衝材で包まれた。

　どんというショックがきた。それで射出されたことがわかった。

無限とも思えるような、長い数十秒。

何が起きているのかは、ほとんどわからない。だが、段取りは承知している。衛星軌道上からの自由落下。そして、逆噴射開始だ。

かすかな減速Gを感じた。コワルスキーは何もしない。いや、できない。ただ寝そべっているだけだ。射出後は、救難艇のAIがすべてを処理する。大気圏内への突入を確認してから地上をセンシング。海と陸地を見分け、最適の降下地点を瞬時に探る。ベストは砂浜が近い浅瀬の海上だ。目標が定まったところで噴射をおこない、飛行しつつ減速。高度三百メートルに達したらパラシュートをひらく。

ふわっと浮く感覚がきた。

それにつづいて、叩きつけられるような衝撃。

と同時に。

救難艇の外鈑《がいはん》が吹き飛んだ。

コワルスキーは艇外に放りだされた。水中だった。すうっと沈むが、宇宙服を着ているから、あわてたりはしない。AIは完璧な仕事をした。ほうっておけばからだはそのまま水面へと浮かんでいく。溺《おぼ》れる恐れなど皆無だ。

光を感じた。頭が水からでた。視界が青い。空だ。真昼の空だ。

四肢の力を抜き、コワルスキーはゆっくりと周囲を見まわした。

5

ヘルメットが見えた。

すぐ近くにふたつ。

顔は見分けられないが、救難艇一号機にコワルスキーと同乗していたガストン、ウィンダム、イグラムの誰かだろう。

「艦長」

声が響いた。ガストンの声だった。ヘルメットには通信機が内蔵されている。低出力で、交信可能距離は地上だとせいぜい数百メートル程度だが、ヘルメットをかぶっている限り、やりとりはできる。

コワルスキーは、あらためて首をめぐらした。少し離れたところに、片手を挙げている人影があった。先に見たふたつのヘルメットとは位置が違う。しかもヘルメットだけでなく、胸から上までが水面からでている。

これは。

浮いているのではない。足が水底についている。

「陸地があります。ここまでくれば、歩いて上陸できます」

声がそう言い、人影が大きく手を振った。

間違いない。あれはガストンだ。救難艇の着水後、いち早く状況を見極めて動いたらしい。その背後には、たしかに陸地がある。砂浜と、植物とおぼしき緑の色彩を視認できる。

「艦長」

べつの声が聞こえた。コワルスキーの左右に、ふたつのヘルメットが近づいてきていた。声はイグラムのそれだ。となると、もうひとりがウィンダムである。

「他のチャンネルも確認しました」イグラムは言う。

「いまの時点で、少なくとも数十人が無事に着水しています。指示をください。自分が伝えます」

「ガストンの現在位置を全員に教えろ。そこが目標だ。上陸する」

「はっ」

イグラムが全チャンネルに情報を流した。事前におこなってきた訓練どおりの手順である。あっという間に、伝言が完了した。

コワルスキーが両手で水を掻《か》き、陸地目指して動きだした。イグラムとウィンダムも、そのあとにつづいた。

二十メートルほど移動したところで、足裏が底を捉えた。

あとは、歩いて進む。

気がつくと、まわりに多くの人影が姿をあらわしていた。大きな波がくるし、足を砂にとられるため、移動速度は遅い。ときどきひっくり返る者もいる。

陸地の反対側は水平線だった。水の成分分析はまだおこなっていない。しかし、おそらくこれは海だろう。恒星ゴールは頭上にあり、白い雲がそこかしこに浮かんでいる。

救難艇のＡＩは、いい仕事をした。プログラムに従い、昼の海の陸地に近い浅瀬を着陸地点に選んだ。これだけで、コワルスキーたちが生き延びる確率が数十倍、いや数百倍、数千倍になった。

砂浜にたどりついた。

体力を消耗し、最後は這《は》うようにしてコワルスキーは海からあがった。

「大気組成がわかりました」

ガストンが言った。先に浜辺に着いていた副長は、まず何をなすべきかを十分に承知していた。

「みごとなテラパターンです。ヘルメットを外しても呼吸できます」

「…………」

「念のため、計測は二度おこないました。間違いありません」

「異常だな」

砂浜に横たわり、コワルスキーはぼそりと言った。

「異常です」ガストンも同意した。

「たまたまワープアウトした宙域に恒星系があり、そこに人類生存に適した惑星がたまたまあった。現実では、ほぼ百パーセントありえません」

「こいつは、テラフォーミングされた惑星だ」

「その可能性が高いと思います」

「ワープグルーヴ説が正しかったということか」

「ワープポイントの近くにある恒星系でしたら、そこに植民星が存在しても不思議ではないと思われます」

「ならば、ここには人が居住しているということだ」

コワルスキーは立ちあがった。

ヘルメットを外した。これは、艦長が率先してやるべき仕事だ。

空気を胸いっぱいに吸いこむ。

潮風の香りがした。

足もとに目をやった。

貝殻が落ちている。海藻らしき、赤黒い塊も転がっている。

手にしたヘルメットの内側に向かい、言った。

「大丈夫だ。わしは生きている。全員、宇宙服を脱いでよし」

上陸した者全員が、スペースジャケット姿になった。砂浜に整列させ、点呼をおこなう。

欠員はいなかった。そろうのに少し時間を要したが、コワルスキーを含めて百八十三名、ひとり残らず無事に脱出し、この砂浜に上陸していた。

最初にやったのが、投下資材の回収だった。

〈コルドバ〉から離脱したのは、救難艇だけではない。食料や資材を満載したコンテナボートも五隻、射出した。救難艇に追随して着水し、その位置はビーコンで確認できている。

遠隔操縦で海上を走らせ、コンテナボートが浅瀬に乗りあげたところで、乗員総がかりの回収作戦を実行した。

ハッチをあけ、積みこんでおいた資材をリレー形式で運びだす。ボートごと陸上に引きあげてもいいが、いまはまず必要な資材を使えるようにすることが先だ。

標準時間で四時間ほど費やし、コンテナボート三隻から資材を搬出した。当座はこれでなんとかなる。あとの二隻は砂浜に移動させた。

荷揚げが終わると、つぎはすぐに露営の準備である。事前の観測によって、第三惑星の自転周期は判明していた。日没には、あと五時間以上の余裕があった。それまでに、キャンプを設営する。併せて、この海岸周辺の探索もおこなう。

探索に使うのは、ハミングバードだ。自力浮遊型の小型ロボットである。とりあえず資材の中からキットを引きずりだして、二体を組んだ。この惑星が人類の植民星ならば、〈コルドバ〉の飛来や救難艇の着水はすでに捕捉されているはずだ。その場合、何らかの反応が確実にある。救助隊の出動とか、軍のスクランブル発進とか、無線での呼びかけとか。

だが、これだけの時間が経過しても、まだ何も起きていない。その兆候すらない。

どうすべきか、コワルスキーは思案した。

理由はふたつ浮かぶ。

この星はテラフォーミングされている。しかし、まだ本格的移民がはじまっていない。

もしくは。

反社会的勢力が占拠していて、無政府状態である。

「違うな」

小さくつぶやいた。

前者の場合、移民者による政府ができるまで銀河連合が仮統治をおこなっている。衛星軌道上に基地を置き、連合宇宙軍の武官が駐留して厳重な監視網を築く。正規非正規を問わず、進入者がその目から逃れることはできない。そもそも衛星軌道上にそのようなステーションは存在しなかった。

後者もそうだ。反社会勢力といえば、宇宙海賊である。連合宇宙軍は不倶戴天《ふぐたいてん》の敵だ。そのアジトに巡洋艦の〈コルドバ〉がきた。

当然、反応する。最大級の厳戒態勢を敷き、場合によっては、即座に攻撃を仕掛けてくるはずだ。しかし、そういったことは皆無だった。

となれば、打つ手はひとつ。こちらから積極的に動く。動いて、惑星の素性を一秒でも早く把握する。

まずはここが島なのか、大陸なのかを知りたい。それがわかった上で、つぎの行動を考える。島ならば、しばらくはここで暮らすことになるだろう。植生を調査し、水質も確認し、地形図も作成する。簡易的なキャンプではなく、それなりにちゃんとした住居も必要になるはずだ。

ハミングバードの組み立てが終わり、飛行準備ができた。

「艦長！」

ガストンがきた。ガストンにはキャンプ設営部隊の指揮を命じていた。

「どうした？」

「霧がでてきました」

「霧？」

「あちらをご覧ください」

副長は背後を指し示した。

ガストンは、海から少し離れた場所に回収した資材を移し、設営をおこなっていた。位置的には奥地ということになるが、それほど遠くはない。せいぜい数百メートル先だ。そこには植物とおぼしきものが繁茂しており、浜辺から見ると、それはあたかも緑の壁のようになっていた。

コワルスキーは首をめぐらした。

「！」

表情がこわばった。

真っ白だ。

何も見えない。緑の壁も、青い空も。そして、設営作業に携《たずさ》わっている乗員たちの姿も。

すべてが白い霧の中に飲みこまれている。

いつの間にこんなものが……。

と思ったとき、コワルスキーの視界がぐらりと揺れた。

力が抜ける。白い霧が顔と言わず、からだと言わず、包みこむようにまとわりついてきた。

膝が折れた。あわてて両手で体を支えようとした。だが、できなかった。そのまま、コワルスキーは倒れ、砂浜に転がった。

意識が飛んだ。

何もわからなくなった。

6

目がひらいた。

暗い。しばらくは、何も見えなかった。何が起きたのかも理解できなかった。

とつぜん、思考が動きだした。

飛び跳ねるように、コワルスキーは上体を起こした。視界に、淡い光が差しこんできた。

霧だ。

記憶が戻る。

コワルスキーは浜辺にいた。白い霧が押し寄せてきた。霧に包まれ、膝から崩れ落ちた。

そのあとは、何も覚えていない。

周囲を見た。足もとに黒い影があった。赤みがかったおぼろな光に照らしだされ、その輪郭が見てとれる。

人だった。服装は連合宇宙軍のスペースジャケット。ひとりではない。何人もいて、倒れ伏している。いちいちたしかめる必要はない。〈コルドバ〉の乗員たちだ。すべてコワルスキーの部下である。

光源を見つけた。

赤く揺らぐ、さほど明るくない光。燃えさかる炎だ。三脚に支えられた籠《かご》のようなもの。その中に何かが入っている。たぶん薪《まき》だ。炎先から舞い散る火の粉も見える。

その炎の手前に、柱が立っていた。細長い柱で、何本も林立している。どうやら四方を囲んでいるようだ。柱と柱は網状のひもで縛られていて人の通れる隙間はない。

コワルスキーは立ちあがり、柱の前まで歩み寄った。それで、その正体がわかった。

檻《おり》。

柱は直径二十センチの丸太だった。高さは五メートルほどか。少なくとも、数十本以上立っている。柱と柱をつなぐ網状のひもは鋭いとげだらけの蔓《つる》で、振り仰ぐと頭上まで完全に覆われており、空はほとんど見えない。

これは、間違いなく檻だ。そして、いまは夜。昼間の光は完全に失せ、炎の明かりだけが檻とコワルスキーを照らしだしている。それ以外は深い闇で、何も目にすることはできない。森の中にいるのか、それともまだ浜辺にいるのか、それも不明だ。

「ううううう」

四方からうめき声が聞こえた。倒れていた乗員たちが息を吹き返した。

「艦長」

その中にガストンがいた。コワルスキーを見つけ、這い寄ってきた。

「どういうことです、これは？」

問われるが、コワルスキーにも答えようがない。

「艦長」

「艦長」

「艦長」

つぎつぎと声があがる。みな不安なのだ。訓練された軍人とはいえ、生涯はじめての事態に直面すれば、当然、動揺する。ひるむこともある。

「総員、起立！」コワルスキーはあえて強い口調で怒鳴った。

「しゃきっとして整列しろ」

反応した。

いっせいに立ちあがり、その場に並んだ。

番号を唱える。

五十四人いた。檻は狭い。けっこうひしめいているように見えるが、それでも、ここにいるのは乗員のほんの一部だ。

あとの者は……。

あらためてまわりに目をやると、檻の外にべつの檻があった。その檻の中にも動きだした人影がある。

「武器がありません」ガストンがコワルスキーの横にきて、言った。

「ベルトに装備していた工具や携帯食も消え失せています」

「全員がそうか？」

「全員です。いま確認しました」

「艦長、誰かきます！」

声が響いた。コワルスキーとガストンは首をめぐらした。

左手の檻の外だった。立ち並ぶ柱の向こうで、小さな明かりが揺れている。

人の姿が浮かびあがった。

輪郭は、明らかに人類のそれだ。人数はざっと見て二、三十人といったところか。

〈コルドバ〉の乗員ではない。短上着にゆったりとした仕立てのズボン。松明《たいまつ》を持ち、武器とおぼしき棒状の何かを腰にぶらさげている。何人かが手にしているのは、おそらく槍《やり》だ。尖端が鋭い。

ひとりが前にでた。小柄な老人だった。小さな帽子をかぶっていて、髪が長い。白いあごひげを生やしている。

「長《おさ》はいるか？」

老人は言葉を発した。しわがれた声で、完璧な銀河標準語《ガラクト》だ。

「わしだ」コワルスキーが応じた。

「連合宇宙軍重巡洋艦〈コルドバ〉の艦長、コワルスキー大佐だ」

「なるほど」老人がうなずいた。

「では、おまえと話そう」

コワルスキーが前に進み、檻をはさんで老人と対峙した。七十歳くらいだろうか。日焼けしていて、顔にしわが多い。どちらかといえば、表情は柔和だ。

「クルセイダーズの総領、ロード・バシリスである」

老人は言った。

クルセイダーズ。コワルスキーの頰が小さく跳ねた。

「ここへきた目的は？」

老人が訊いた。

「遭難した」コワルスキーは答えた。

「艦を失い、衛星軌道上から救難艇で地上に降下した。乗員は、わしを含めて百八十三名。ここへきたのはたまたまだ。システムが停止したため、恒星の名も座標もわかっていない。テラタイプだったから、この惑星を目指した」

「ふむ」

バシリスは小さく鼻を鳴らした。信じていないというしぐさだ。

「クルセイダーズとは何だ?」今度はコワルスキーが尋ねた。

「国名か?」

「艦長」ガストンがコワルスキーの耳もとに口を寄せ、囁《ささや》くように言った。

「クルセイダーズに聞き覚えがあります」

「ほお」

「大動乱の時代にあらわれた、文明否定を教義とする新興宗教の教団です」

「文明否定」

「アニミズム系の宗教です。大動乱の中で一定の勢力を得ましたが、ワープ機関が開発されて植民がはじまった際、棄民政策に遭ってテラから放逐されました」

「惑星ひとつをあてがわれ、追われるように強制移民させられた連中だな」

ガストンに言われて、コワルスキーも思いだした。

「恒星コルネリアの第三惑星、ヌルガンです」

「おひつじ座宙域だ。テラフォーミングはほとんどおこなわれなかった。最初から、ほ

YAS.

ぼ完全なテラタイプだった」

「われわれは、おまえたちを受け入れる気がない」バシリスが言った。

「ヌルガンに住まうことができるのはクルセイダーズだけだ。それは銀河連合も承知している。ゆえに、隔離させてもらった」

「だしてもらえないのか」

「しかり」

「ガスを流してわしらを気絶させ、武装解除して、ここに運びこんだんだな」

「風の流れを読み、ボンボラの花を大量に焼いた。ここは家畜を収容するためにつくった檻だ。まだ使っていなかったので、おまえたちに入ってもらった」

「装備と食料、資材はどうした?」

「教義に則さないものはすべて廃棄した。それは、ヌルガンにあってはならぬ不浄なものだから。もはや、どこにも存在しない。探しても無駄だ。食料は預かった。それはわれわれのやり方で調理し、随時、おまえたちに支給する」

「すべて廃棄だと」コワルスキーは首を横に振った。

「まいったな」

「文明は悪魔だ。文明から生まれたものも悪魔だ。われわれはその悪魔を討ち、この世から消滅させる聖なる戦士。廃棄は当然のことだ。おまえたちを消滅させなかっただけでも、幸いと思え」

「わしらにどうしてほしい？」

「クルセイダーズに加わるのなら、滞在を許す。が、そうでなければ、そうそうに立ち去れ」

「どうやって？」

「知らぬ」

「〈コルドバ〉がないのだ。立ち去ろうにも身動きひとつできない。通信機を貸してくれたら銀河連合に頼んで救助船をよこしてもらう」

「通信機などない。宇宙港もない。言うまでもないが、宇宙船も存在しない。われわれは自給自足で全生活を賄《まかな》っている。衣食住、何もかも手づくりだ。文明は拒否する。それが、全能の主によって定められた掟だ。無条件で、それに従う」

「やれやれ」

コワルスキーは両手を左右に大きく広げた。

交渉は物別れに終わった。

解放はされない。コワルスキーたちは、このまま檻の中に閉じこめられたままとなる。

食料だけ、差し入れられた。没収された携帯食の一部だ。寝具や着替えは渡されない。

寝るときは地面の上に転がる。トイレは檻の隅に用意されていた。四方が板で囲われた小さな小屋だ。排泄物は深い穴の底に落ちる。水や布も置かれていた。

クルセイダーズの集団は、数人の見張りを残して引きあげた。

「家畜同然の扱いですね」

ガストンが言った。

「士官学校のサバイバル訓練よりはマシだ」

「たしかにそうです」

「檻はどうだ？　調べたか？」

「思ったよりも頑丈でした」コワルスキーの問いに、ガストンは答えた。

「引き抜くのは容易じゃないでしょう。蔓のとげも鋭く、触れたら皮膚が簡単に切れます。毒性もあるようで、五人ほど手をだして、傷口が腫《は》れあがりました」

「大丈夫なのか？」

「見張りがゼリー状の塗り薬をくれました。木の葉にくるまれていて、成分は不明ですが、傷口に塗ると、炎症がやわらぎました。効果はあるようです」

「信じられんな」コワルスキーは小さく首を横に振った。

「こんな原始人の村のようなものが、この世にあったとは」

「どうします？」

ガストンが訊いた。

「まずは寝る」コワルスキーは答えた。「寝たら、おそらく朝がくる。考えるのは、それからだ」

地面に腰をおろした。

腕を枕にし、ごろりと横になった。

第二章　ジェントル・リリー

1

二一一一年、人類はワープ機関を完成させた。

人口が爆発的に増加し、大動乱時代と呼ばれる紛争期に突入していた人類は、滅亡寸前の状況にあった。

そこへワープ機関が登場した。

人類は、銀河系全域への進出を開始し、新天地で生き延びる機会を得た。

移民可能な環境の惑星を見つけ、そこを植民地とする。移民に適していない惑星でも、テラフォーミングして人類の居住を可能にする。

三十年ほどのあいだに、人類は銀河系をほぼ手中におさめた。移民は惑星単位から太陽系単位となり、つぎつぎと太陽系国家が生まれた。それらの国家を統括するのが、銀河連合だ。加盟国は二一六一年に八千を超えた。銀河連合は強力無比の連合宇宙軍を擁し、さまざまな紛争の調停にあたった。また、犯罪組織から各太陽系国家を守る任務をも担った。

クルセイダーズ。

コワルスキーは記憶を反芻《はんすう》した。

たしかに連合宇宙軍の士官学校で教わった。近代史の授業だ。動乱期からはじまり、ワープ機関の完成を経て移民期となり、惑星国家時代を過ぎて太陽系国家時代へと至るテラと人類の歴史だ。

なぜこんなことを学ぶ必要があるのかと当時は思っていたが、結果として役に立つこととなった。

移民はさまざまな集団によっておこなわれた。そのほとんどがテラにあった国家ごとの大移動だったが、特殊な集団単位での移民もけっして少なくはなかった。

そのひとつがクルセイダーズだ。

宗教団体がひとつの惑星に移民する例はいくつかある。だが、強制的に移民させられたのは、かれらだけである。事情はガストンが言ったとおりだ。文明を否定する集団は隔離したい。テラには絶対に残したくない。当時の為政者は、そう考えた。争いのもととなる人々は、まとめて一か所に棄てる。棄民政策である。

かれらのためだけに惑星ひとつが用意された。強制的に移民船に乗せ、テラから放りだす。従わなければ、集団まるごと抹殺する。大動乱時代では珍しいことではない。ワープ機関完成以前では、こういったジェノサイドが頻繁におこなわれていた。むしろ、生き残ることができただけ、かれらは幸運に恵まれていたのだ。

移民は大きなトラブルもなく、無事に完了した。文明を拒否していたクルセイダーズに、強大な政治力と科学力に抗するすべはなかった。

ヌルガンで、クルセイダーズは自治権を与えられた。惑星国家と同等の地位を与えられ、銀河連合の管理のもと、他国からのいっさいの干渉を受けることなく、暮らしていくことを認められた。銀河連合に加盟する独立国ではないが、扱いはほぼ同等だ。これによりクルセイダーズの民は強制移民を受け入れて、文明を完全否定するかれら独自の世界をヌルガンに構築した。

四日が過ぎた。

銀河標準時は、もうわからない。ヌルガンの暦で、四日である。

囚われの身となったコワルスキーたちの生活に、変化は何もなかった。朝がきて、夜がきて、また朝がくる。

食事は一日に三回、きちんと配給された。女性と男性は、檻が分けられている。檻の中にシャワールームがつくられ、水浴びもできるようになった。ただし、刃物がないので顔剃《そ》りはできない。みな無精ひげだらけになった。

「厳しい状況です」

ガストンがコワルスキーの横にきた。夜が明けて、すぐのことだった。コワルスキーはまだ自分の寝床で横臥《おうが》していた。地面に藁束《わらたば》が敷かれたり、シーツがわりの布が差し入れられたりと、待遇は少しずつよくなっている。しかし、檻に閉じこめられているという点では、何ひとつ変化はない。だから、寝る以外にできることも皆無だ。

「ストレスだな」

コワルスキーが答えた。

「爆発寸前と言っていいでしょう。このままだと暴動が起きかねません」

「起こせるのか？」

「総がかりなら、檻はおそらく破壊できます。武器どころか、日常の道具ひとつありませんから、簡単とは言いません。しかし、いざとなれば丸太の一、二本を引き抜いて殴りかかっていくことは不可能ではないでしょう」

「乱闘になったら、双方無傷ではすまないな」

「たしかに。クルセイダーズとわかった以上、連合宇宙軍の軍人が交戦していい相手ではないと思います」

「昨夜の交渉も不調に終わった」敷き藁の上で仰向けになり、コワルスキーは腕を組んだ。

「きょうも交渉を申し入れる。粘り強い話し合い。打開策はそれだけだ」

「…………」

光った。

だしぬけだった。なんの兆候もなかった。

いきなり閃光が疾《はし》った。

空が真っ白になった。檻の屋根は太い蔓と葉ととげで覆われている。光はその隙間から漏れて、瞬時に広がった。

「なに？」

コワルスキーは反射的に身を起こした。

そこへ。

衝撃波がきた。

轟音が響き、不可視の一撃が檻を打った。

「うあっ！」

コワルスキーが吹き飛んだ。ガストンに激突し、ふたりは重なり合って地面を転がった。

大地が揺れ、そこかしこで悲鳴があがる。

コワルスキーは艦の丸太にぶつかった。

息が詰まる。背中から当たって、蔓のとげが皮膚に突き刺さった。

激痛をこらえ、コワルスキーは思考をめぐらす。

何が起きた？

流れるように走った白い光。爆風を伴わない衝撃波。

第二波はどうだ？　くるのか、こないのか。

数秒待った。

こない。

ならば、船乗りなら誰でも予想がつく。

「艦長、これは……」

呻《うめ》くようにガストンが言った。ガストンはコワルスキーの足もとで四つん這いになっていた。

「宇宙船の大気圏突入だ」かすれた声で、コワルスキーは応じた。

「衛星軌道上からマッハ二十以上の速度で突入し、その後減速してマッハ三から五程度で水平飛行に移った。そして、海上に墜落した。船は三百から四百メートル級。いや、もっと大きい」

「どういうことでしょう?」

「まったくわからん」コワルスキーは身を起こして首を横に振った。

「本当に宇宙船だとしたら、かなり乱暴な操船だ。船を制御できていなかった可能性がある」

「衛星軌道上にとどまることができず、やむなく地上降下した」

「あくまでも可能性だ。何も情報がないいま、勝手な推測は避けたほうがいい。それよりも怪我人がいないか、確認しろ」

「はっ」

ガストンは立って体をひるがえし、他の乗員たちのもとへと走った。

丸太に向かい、コワルスキーは檻の外の様子をうかがう。この時間、いつもどおりなら食事を持ってきたり、異常の有無を確認しにきたりということで、必ず誰かがくるはずだ。きたら、声をかけて情報を探る。そう思って身構え、待った。

だが。

目論見《もくろみ》どおりにはいかない。

誰もこなかった。

どうやら、それどころではなさそうだ。明らかに何かがあった。それは間違いない。

ガストンが戻ってきた。他の檻の者も含めて、十数人が負傷していた。とはいえ、いずれも軽傷で、治療を要するほどではない。その程度の怪我なら、コワルスキー自身も負った。

夕方になった。

そこでようやく、数人の若者が檻の前にあらわれた。きょう最初の食事を届けにきた。夕食である。かれらにコワルスキーはいろいろ問いかけてみた。だが、ひとりも口をきかなかった。丸太にあけられた穴から檻の中に携帯食を黙々と投げ入れ、去っていった。

コワルスキーは諦《あきら》めた。しがない虜囚《りょしゅう》の身だ。ほかにできることはない。

夕食をすませ、寝ることにした。

異変は、夜中に起きた。

檻の外が、にわかに騒がしくなった。

叫び声。足音。そして、甲高い金属音。

コワルスキーは身を起こした。

檻の隙間から見える夜空が赤い。

篝火《かがりび》かと思ったが、そうではない。闇の一部ではなく、天空全体に赤みが広がっている。

山火事？

鈍い音が響いた。大地に波動が伝わってくる。そのたびに空が光り、赤く染まる。

金属音が大きくなった。上空から降ってくるように、近づいてきた。
「伏せろっ！」
反射的に、コワルスキーが怒鳴った。根拠はない。ただの勘だ。体内で警報が鳴った。
それに従った。
地面に転がる。
その直後。
火球が炸裂《さくれつ》した。

2

あたり一面が火の海となった。
あっという間だ。
つぎつぎと火球が落下してくる。爆発音が耳をつんざく。
檻を火球が直撃した。
丸太が粉々に砕け、ごうと炎があがった。高熱の風が激しく渦を巻いた。
「総員、脱出。檻に留《とど》まるな。外にでろ！」
コワルスキーが叫んだ。この状況で集団行動は無理だ。独自に判断し、勝手に動いていい。これは、そういう指示だ。

「ホバーカートを見ました」ガストンが、コワルスキーの横に並んだ。

「そこらじゅうを飛びまわっています」

「ホバーカート？」

「ハンドブラスターによる攻撃です」

「分析は、あとにしよう」コワルスキーはガストンの背中を押した。

「まずは安全の確保だ。なんとか闇にまぎれて、火球をかわす」

這うように移動した。立つと、炎の中に影が浮かぶ。それは、絶好の標的となる。

檻が盛大に崩れ落ちていた。破片の下敷きになって負傷している者もいる。ガストンとふたりですぐ近くにいた三人を助け起こし、かれらのからだを支えて檻の外へとでた。

炎から離れれば、そこは深い闇だ。その中をサーチライトの光条が上下左右に疾る。ガストンの言うホバーカートが照射しているのだろう。

繁みがあった。手で探るとがさがさと音が響く。それ以上のことはわからないが、もぐりこむことができそうだ。

三人を繁みの奥に押し入れた。と同時にサーチライトの光が右手から伸びてきた。

「ちっ」

コワルスキーとガストンは、繁みに身を寄せた。光の帯が、眼前を通りすぎていく。

人影が浮かびあがった。追ってくる光条から逃れようと、走っている。小柄で、動きが素早い。手に細長い棒状のものを握っている。

「ガストン」コワルスキーが言った。

「あとはまかせた」

言うなり、ダッシュした。人影に向かって突進した。

サーチライトが人影を捉える。

その寸前、コワルスキーが飛んだ。

宙を舞い、人影にタックルした。抱きかかえ、地面に落下した。ごろごろごろと転がる。転がって暗闇を目指す。

「こっちだ！」

ガストンの声が聞こえた。副長が何をしているのか、コワルスキーはすぐに理解した。おとりになろうとしている。自分の姿をさらし、ホバーカートの目をこちらからそらす。そのために声をあげた。

「死ぬなよ、ガストン」

コワルスキーはつぶやき、手近な樹木の陰に体を沈めた。

「痛い」

声がした。女性の声だった。

「え？」

コワルスキーは手もとを見た。暗くて判然としないが、かかえている相手のからだが、異様にやわらかい。

「あっ」

あわてて両腕をひらいた。

「びっくりしたわ」相手が言う。

「まさか異端者に助けられるなんて」

若い女性だった。しかし、子供ではない。それはなんとなくわかる。

「け、怪我はないか？」

コワルスキーが訊いた。

「あちこち打ったけど、とりあえず大丈夫みたいね。そっちは？」

「わしは平気だ」

「あたしはカリン」

「コワルスキーだ」

「艦長？」

「そうだ」

「おえらいさんが、あたしなんかに命を懸けたの？」

「それが軍人の仕事だ」

「へえ」

「そんなことより、教えろ」コワルスキーは身を乗りだした。「何が起きている？　なぜこんなことになった？」

「わからない」カリンは首を横に振った。

「さっき、いきなり村が襲われた」

「きのう、宇宙船が飛来しただろう」

「宇宙船？」

「光が空を横切った。そのあとソニックブームがきた」

「あれ、宇宙船だったんだ」

「被害があったはずだ」

「あったわ。家がたくさんつぶれた。多くの人が傷を負った。重傷者もでている」

「上の連中は、何も言ってないのか？」

「武器を手にして、どこかに隠れろと言われた。あんたたちがきたときと同じよ」

カリンは右手に握った棒状のものを見せた。どうやら鉄製の剣らしい。

「わしらは、こんなまねをせん。これは宇宙海賊の手口だ」

「宇宙海賊」

「知っているか?」

「長老たちから話だけ聞いてる。すごく危険な無法者だと。でも、ヌルガンに宇宙海賊がきたことはない。だって、ここには、そういう連中がほしがるものが何もない」

「そうだな」コワルスキーはうなずいた。

「しかも、ここは連合宇宙軍の重点保護区だ。このあたりの宙域を宇宙海賊がうろついていたら、確認次第、連合宇宙軍が動く」

「重点保護区。ヌルガンが?」

「警察組織や軍備を自前で持っていない植民星がある。そこが重点保護区だ。銀河連合が直接守るシステムがあって、何かあったときは軍艦が大挙して駆けつける。だから、重点保護区を宇宙海賊が襲撃することはほとんどない。やったら、連合宇宙軍に根こそぎつぶされる」

「じゃあ、あいつらはどうしてここに? いきなり炎の塊が降ってきて、村は丸焼けよ。畑も果樹園も火の海になっている」

「昨夜の大気圏突入はどう見ても不時着だ。どこかで攻撃を受けたのか、事故にでも遭ったのか、原因は不明だが、狙ってこの星にきたわけではなかろう。しかし、たまたまであっても、きてしまった以上、生き延びる手段が要る。海賊どもにサバイバル技術などない。となれば、船を失ったいま、できることはただひとつ。そこの住民からの収奪だ」

「ひどい！」

「おまえは、なぜここにきた？　わしらを助けようと思ったわけではないはずだ」

「武器よ」カリンの声が高くなった。

「槍とか剣とか。いままで、農機具なんかと一緒にこつこつつくってきた武器がある。ふだんは山の中の岩屋にしまってあって、お祭りのときにだしてきて使う。それをとりにいくの」

「お祭り？」

「宗教儀式のひとつよ。お祭り用といってもおもちゃじゃないわ。ちゃんとした武器。切れ味は抜群」

「あいつらの兵器は、とてつもなく強力だ。いくら切れ味がすぐれていても、それでまともに戦えるとは思えない」

「けど、素手よりはマシでしょ」

「岩屋はどこにある？」

「この林の奥」カリンは背後を指差した。

「すぐそこからわりと急な山道になっていて、しばらく登る」

「案内してくれ」

「あんた、行く気？」

「おまえたちの敵は、わしらにとっても敵だ。祭り用だろうが何だろうが、武器はほしい。素手よりはマシなんだろ」

「いいわ」短い間を置いて、カリンは小さくあごを引いた。

「ついてきて」

「おう」

林に飛びこんだ。

木々の間を抜け、崖のような坂にでた。視界はほとんどないが、空が炎の照り返しで赤く染まっているため、輪郭が黒いシルエットになってぼんやりと見てとれる。

急坂を駆け登る。カリンは足が速い。荒れた山道を風のように疾走する。コワルスキーは遅れないようにするのがやっとだ。ここで彼女の姿を見失ったら、確実に迷う。へたをすると、遭難しかねない。

体感で二十分ほど、ひたすら走りつづけた。

登りきって、少し下った。

「こっちよ」

カリンが言う。ここまでくると、空はもう赤くない。深い闇に覆われ、視界はほぼ皆無だ。頼りになるのは、カリンの声だけである。

とつぜん、明かりが灯った。小さな炎の光だ。カリンが何かに火をつけたらしい。石段があった。そこをあがると、洞窟の前にでた。入口の穴は木製の扉でふさがれているようだ。扉の横の岩壁にくぼみがあり、そこでオレンジ色の炎がちろちろと燃えている。

「ここが岩屋」

カリンが言った。身をかがめて扉の鍵をあけた。

大きくひらく。

「入って」

コワルスキーを呼んだ。

岩屋の中で、松明に点火した。ぱあっと明るくなった。その松明をカリンは壁の金具に引っかけた。

岩屋には棚がしつらえられていて、そこに大小さまざまな木箱が置かれている。

カリンが木箱の蓋《ふた》をあけた。

「持てるだけ持ってくれる？」

「箱ごとかついでもいいぞ」

「無理でしょ。あの坂を下れるわけがない。滑落して箱の下敷きになるのがオチよ」

「連合宇宙軍の大佐にシビアなことを言うやつだな」

「ねえ、これはどう？」

カリンが刃渡り四十センチほどの剣を箱の中から引きずりだした。油紙にくるまれている。

コワルスキーはそれを受けとり、油紙を剝《は》がした。三日月のような形をした幅広の剣だ。一端が、中空の柄《つか》のようになっている。

「これをこの柄の中にねじこむの」

細長い木の棒を渡された。直径は五センチ、長さは百五十センチくらいだろうか。

「青龍偃月刀《ドラゴン・グレイブ》。悪魔だって、これには勝てない」

胸を張り、カリンはにっと笑った。

3

坂を下った。

覚悟していたが、箱からだした鉄製の武器を十振ほど縄で束ねた一山を背負い、右手にグレイブの柄を握ると、さしものコワルスキーも、その重さに圧《お》しつぶされそうになる。しかも、恐ろしくバランスが悪い。箱ごとかつぐと滑落するとカリンに言われたが、これでは同じことだ。あいている左手で木々の幹をつかみ、グレイブを杖がわりにして歩を進めた。

　コースは行きと異なっていた。

「裏をまわって、村に向かう」

　カリンがそう言って、林の中に入った。踏み固められた山道はないが、木から木へとロープが張ってあり、それを伝って下ることができる。

「こいつは助かるな」

　コワルスキーが言った。カリンは火縄を手にしている。周囲は完全な闇だが、彼女の手もとだけはほんのりと明るい。その真うしろにつき、コワルスキーは前進する。ロープのあるところだけ下生えがなく、地面に足を置くくぼみもつくられている。おかげで、山道よりも、むしろ歩きやすい。

　傾斜がなだらかになった。林もまばらになったらしく、木と木の間隔が広い。

　ロープが終わった。カリンが火縄の炎を消した。

　ふいに行手が騒がしくなった。足音が響く。息遣いも聞こえる。

「誰かいるわ！」

　声がした。女性の声だ。

　この声は。

「リュミノか？」

コワルスキーが口をひらいた。

「艦長！」

闇の奥から返答があった。間違いない。機関長のリュミノ少佐だ。

「誰かと一緒か？　何人いる？」

コワルスキーは訊いた。

「あたしを入れて、八人います」

ハンドブラスターの攻撃で、すべての檻が破壊された。脱出した〈コルドバ〉の乗員たちは、四方に散った。リュミノは直属の女性部下ふたりを連れて走り、炎から逃れた。灌木の林があった。そこに入ってすぐ、五人の乗員と合流した。すべて屈強な男の海兵隊員だった。階級は、みなリュミノより下だ。指揮権はリュミノにある。

「ついてきて」

リュミノはかれらに言った。視界はほぼゼロだが、夜間サバイバル訓練は定期的に受けている。この状況でも移動は可能だ。

林を抜け、ゆるい坂を登りはじめたとき、前方に人の気配を感じた。それが、コワルスキーとカリンだった。

「こいつを分けろ。余っているぶんは、出会った乗員に渡せ」

これまでのいきさつを話し、コワルスキーはグレイブだけ自分のもとに残して、背負ってきた武器の束をまるごと海兵隊員に預けた。

「これで戦うの？」

鉄製の剣を見て、リュミノが言う。

「素手よりはマシだ」

コワルスキーはカリンの言葉をそのまま流用した。

「あたしは村に行く」カリンが言った。

「あんたたちは、どうするの？」

「同行するしかない」コワルスキーが言った。

「わしらには、民間人の身を守るという任務がある」

「守る？　クルセイダーズを」

「民間人だ。それ以外の何ものでもない」

「好きにするのね」

カリンは肩をすくめ、きびすを返した。

光が疾った。

白い光芒《こうぼう》。頭の上から、まっすぐに降ってきた。サーチライトだ。

上空にホバーカートがいる。

発見された。

反射的にコワルスキーは闇の底へと身を投げた。リュミノをはじめとする他の乗員たちも、地面に伏せた。軍人として受けてきた訓練が、そうさせた。

しかし。

カリンは動けなかった。そんなことは学んでいない。サーチライトの輪の中で棒立ちになり、夜空を見あげた。

ホバーカートが降下してくる。

減速し、カリンの脇へとまわりこんだ。

つぎの瞬間。

伸びてきた腕が、カリンのからだをつかんだ。

「ちいっ」

コワルスキーの足が大地を蹴った。

ダッシュし、カリンに向かって跳んだ。

ホバーカートが上昇する。カリンが浮き、爪先が地表から離れた。

コワルスキーの手が、ホバーカートを追う。

指先がひっかかった。ホバーカートの何かだ。握った。車体の端。パイプ状になっている。

「艦長！」

リュミノの声がコワルスキーの耳朶《じだ》を打った。

「わしにかまうな!」

コワルスキーが叫んだ。高度はすでに十メートル近い。右手一本で、コワルスキーはホバーカートにぶらさがっている。

「乗員を集めろ。集めて、クルセイダーズとともに敵と戦え。これは命令だっ!」

サーチライトが消えた。真っ暗で、何も見えない。轟々《ごうごう》と風がうなっている。

コワルスキーは脚を振りあげた。あげて戻る勢いを借りて、からだをぐいと引きあげる。

ホバーカートの中に飛びこんだ。

身を低くし、グレイブをかまえる。

「動くんじゃねえ!」

うわずった声が響いた。

ほのかな明かりが、あたりを照らしだしている。コンソールパネルの照明だろう。

その淡い光の中に、三人の人影がある。大柄なふたりと、小柄なひとり。

誰がどう見ても無法者以外の何ものでもない狂暴な顔つきの男が、左腕でカリンをかかえ、コワルスキーに向かってレイガンを突きだしている。その背後に立つもうひとりの男は、ホバーカートを操縦しているらしい。

低い姿勢のまま、あごだけをあげて、コワルスキーは男を睨《にら》みつけた。

やはりな。

予想的中だと、思った。

こいつは宇宙海賊だ。そういう匂いを全身から漂わせている。コワルスキーには、それがわかる。

カリンに目を移した。おびえている様子はない。首筋に腕を巻きつけられ、表情はやや歪んでいるものの、眼光は鋭い。相手の隙をさりげなくうかがっている。

そこで、コワルスキーは気がついた。

持っていたはずの鉄剣を、カリンは手にしていない。落としたのか？　それとも？

コワルスキーに向かって、目くばせをした。何かの合図だ。カリンの瞳が左右に動いた。

「捨てろ！」海賊が叫んだ。

「かまえているそいつを捨てろ！」

「わかった」コワルスキーはグレイブを前に突きだした。

「抵抗はしない」

海賊はコワルスキーの一挙手一投足を凝視している。コワルスキーが、そう誘導したからだ。いかにも何か仕掛けそうな雰囲気が、コワルスキーの動きにはある。

「！」

海賊の腕の中で、カリンが身をよじった。背後に、短剣を隠していた。刀身を帯にはさみ、その柄を右手で握って、海賊の腹に思いきり突き立てた。

「うあっ！」

海賊が悲鳴をあげた。腕の力がゆるんだ。すかさずカリンは首を抜き、体を沈めた。

コワルスキーの手の中で、グレイブが大きくひるがえった。水平に薙《な》ぐ。

切っ先が、海賊の胸もとをえぐった。

ばしゅっ。

鮮血がほとばしった。

「てめえっ！」

操縦レバーを握っていた男が異変に気がつき、うしろを振り返った。同時に、腰のホルスターからレイガンを抜いた。

光条がほとばしる。白いビームが、コワルスキーの肩口をかすめた。

火花が散る。

ホバーカートが跳ねるように揺れた。

「！」

ひっくり返りそうになり、コワルスキーはあわてた。何が起きたのかは、理解している。馬鹿な海賊がレイガンの狙いを外し、ホバーカートの機関部を誤射した。

墜落する。

反射的に、コワルスキーはグレイブを自分の足先に突き立てた。尖端が床を貫き、柄が支柱になった。

ホバーカートが大きく傾いた。

「つかまれっ！」

コワルスキーが言った。カリンが身を投げるように腕を伸ばした。グレイブの柄をつかむ。

黒い影が飛んだ。コワルスキーが倒した海賊だった。ホバーカートから投げだされ、落下した。

「うわあああああ」

つづいて、もうひとり。操縦していた男だ。こちらもバランスを崩し、宙を舞った。闇の底へと消えていく。

「落ちるぅ」

カリンが叫んだ。

「踏んばれっ」

コワルスキーが怒鳴った。

4

ホバーカートが墜落する。

推進力を失い、急速に高度を下げる。闇の中、地上との距離も判然としない。

このままだと、大地と激突する。

ざわっという音が聞こえた。

その刹那。

「跳んでっ！」

カリンが言った。

コワルスキーは即座に反応した。言葉の意味は理解できていないが、からだが勝手に動いた。

グレイブを引き抜き、ホバーカートを蹴った。

空中に躍りでる。

黒い塊があった。正体は不明だが、そこに背中から突っこんだ。けたたましい音と、弾むような感覚が返ってきた。

これは。

木の枝だ。葉が生い茂っている。

そうか。コワルスキーは納得した。さっき耳にしたのは、ホバーカートのどこかが林の上で枝葉に接触した音だ。カリンはそれを聞き分け、跳べと言った。

手で、枝をつかむ。落下を止める。

枝が、コワルスキーの全身をしたたかに打った。落下がつづく。

止まらない。

と、思った瞬間。

反動がきた。たわんだ枝が、勢いよく跳ねあがった。

ふわっと浮いた。いや、実際は、浮いていない。そう感じただけだ。

「止まった！」カリンが言う。

「枝にしっかりつかまって」

「おう！」

コワルスキーは枝をつかみ直した。

何度か、からだがふわふわと上下する。

「ハンモックツリーよ」カリンが言葉をつづけた。

「枝が密生していて、葉も肉厚。背の低い樹木で、あたしたち、ときどきこの上でお昼寝したりするの」

「あのかすかな葉擦《はず》れの音で、それがわかったのか？」

「当然でしょ」

ハンモックツリーから地上へと降りた。少し先に小さな炎が見える。墜落したホバーカートだ。急ぎ駆け寄り、コワルスキーは火を踏み消した。

「追手がくるわ」カリンが、コワルスキーの横にきた。

「こいつと同じ音がする。二機か、三機。風に乗って聞こえてくる」

ホバーカートの残骸を指差した。カリンは、恐ろしく耳がいい。

「どうする？　迎撃するか？」

「バカ、逃げるしかないでしょ」

「たしかに、そうだ」

「ついてきて」

カリンがコワルスキーから離れ、歩きはじめた。コワルスキーは、そのあとを追う。目が闇に慣れたらしい。シルエットと気配で、彼女の動きを感知できる。森の中だが、ついていくのが、さほど苦にならない。

登り坂になった。

ひたすら走る。何も考えない。とにかく走る。

カリンが足を止めた。

「どうした？」

　コワルスキーが訊いた。

「村が……」カリンは右手を伸ばした。

「燃えている」

　丘のいただきのような場所にでていた。森がひらけ、闇のかなたに丸く広がる赤い光があった。

「わしらが入っていた檻じゃないのか？」

「違う。あそこはあたしたちの村があるところよ。あいつら、村にも火をかけたんだ」

「村には戻るな」

　斜面を駆け下ろうとする気配を察知し、コワルスキーがカリンの肩を手で押さえた。

「なにすんの！」

「落ち着け！　村人はわしの部下にまかせろ。聞いていただろう。守れと命じた。あいつらはその任務を絶対に成し遂げる」

「そんなの信じるわけないでしょっ！」

「信じるんだ。信じて、まず自分の身を守れ」

「自分の身？」

「わからんか？　海賊がすぐそこまで迫ってきているぞ。おまえの耳なら、聞こえるはずだ」

「！」

カリンの表情がこわばった。見ひらかれた双眸がコワルスキーを凝視する。

その瞳をゆっくりと閉じた。

「一、二、三、四……」

数をかぞえた。

「五人」

目をあけて、言った。

「ホバーカートじゃない。徒歩だ。熱源探査か何かでわしらの軌跡を見つけ、ホバーカートでは森の奥に入りこめないと判断し、地上に降りたんだ」

コワルスキーは手近な木の幹に耳をあて、言った。

「それ、歩きながら確認してたの？」

「ああ、サバイバル訓練では必須の項目だ。通常は携行しているセンシングツールが警報を発してくれるが、訓練では、それを失ったときのテクニックも指導される」

「いまが、そのときだったのね」

「おまえたちに根こそぎ剝ぎとられたからな」

「おかしな機械は、すべて悪魔の道具よ」

「追跡者は間違いなく火器を帯びている。強力なやつだ。おまえの武器は？」

「鉄剣が二本」

カリンは背後に隠してあった剣を抜き、両手でかまえた。速い。扱い慣れている。

「腕は十分だ。しかし、わしのグレイブを合わせても、あいつらの火器に対抗することはできない。ホバーカートにいた連中が持っていたレイガンを奪いたかった」

「悲観することないわ」

「勝算があるのか？」

「ここは、あたしの森よ。しかも夜明けまでは、まだ時間がある。それまでに戦える場所をつくって、敵をそこに誘いこむ。手伝って」

「つくるだとぉ」

「そう」

カリンが体をひるがえした。コワルスキーは、あわててそれについていく。

一本の木の前に、カリンは立った。かなりの大木だ。その幹にしがみついた。するすると登っていく。コワルスキーは、呆然とそれを見送るしかない。

「そこ、あぶないよ」

頭上から、カリンの声が響いた。

何かが落ちてくる。

黒い塊だ。後方に飛びすさり、コワルスキーはその塊をかわした。

落下物はつづく。コワルスキーの足もとに、どさどさと落ちる。

「上に小屋があるんだ」

カリンが降りてきた。

「小屋？」

「作業小屋さ。森の保全は、あたしたちのたいせつな仕事だ。植林をし、間引きをやり、枝を打ち、道を整備する。そのための資材があちこちに置かれている。ここも、そのひとつ」

「ロープ、スコップ、のこぎり、桶《おけ》」コワルスキーは落下物を拾いあげた。

「こんなもので、なんとかなるのか？」

「この先に網を張る。五十メートル四方くらいしかないけど、もともとそのための空間よ」

「意味がわからん」

「クルセイダーズには、文明という名の悪魔と正面切って戦う手段がない。それは、あんたも知っているとおり。鉄の剣で、炎や光の武器を撃退することはできないわ。でも、夜の森の中はべつ。だから、それが可能になる場所をいくつか設けた」

「樹上の作業小屋と同じか」

「ええ。なんでも用意するの。六十年前、ヌルガンにくる前のテラでもクルセイダーズはそうやって生きていた」

「六十年前？」

「はじめるわよ」

　カリンが作業を開始した。

「言い忘れてた」動きながら、カリンが言葉をつづけた。

「あと十歩くらいで、トラップエリアに入る。そこにはもう仕掛けが設けられている。うかつにうろうろすると、それにひっかかって、痛い目に遭う。だから、必ずあたしから離れないで。踏みだすときも、できればあたしの足跡をたどってほしい」

「そんなことで、手伝えるのか？」

「細かく指示するわ。手探りでやることになるけど、できるでしょ。ドジかましたら、許さない」

「やれやれ」コワルスキーは大仰にため息をついた。

「ったく、連合宇宙軍の大佐をなんだと思っているのか」

「何か言った？」

「いや、べつに」

「ぼやくひまがあったら、手と足を盛大に動かしてね」

「了解」

コワルスキーは小さく肩をすくめ、薄く笑った。

少しおもしろくなってきた。

5

怒りの感情が、ジェントル・リリーを支配していた。

リリーはゴーマン・パイレーツの第一戦闘部隊長である。構成員が三千人に及ぶ大海賊団のナンバー2だ。

そのリリーの眼前で、いま村が燃えている。部下に命じて、火を放った。

ヌルガン。クルセイダーズの星。

痛恨だった。まさか、こんなところにくることになるとは、かけらも思っていなかった。

ボスに命じられ、太陽系国家バランデルの軌道ステーションまで赴き、でかい麻薬の取引をまとめてきた。ほんの百時間ほど前のことだ。

しかし、そこで予想外の事態が起きた。侵入者がひとり、船内にまぎれこんだ。よりによって、そいつがとんでもないガキだった。

最初は、宇宙港で迷い、誤って船内に入ったただの子供だと思っていた。が、それが大間違いだった。

見知らぬガキがいることがわかったのは、ワープインの直後である。小柄で体重が軽かったため、システムによる質量増減チェックでもひっかからなかった。

船内で派手な追っかけっこがはじまった。大騒ぎだったが、半ば遊び気分だった。ガキと侮《あなど》っていたからだ。それが大失敗につながった。

ガキは強力な火器を持っていた。それを船内で乱射した。ありえないことばかりだった。百戦錬磨の海賊たちが、子供ひとりに翻弄《ほんろう》された。そして、ついに船のメインエンジンが破壊された。

ワープ空間内でのことである。ありえないも、ここに極まった。想像だにできない事態に陥った。

リリーは船を緊急ワープアウトさせた。あまりにも無謀な行為だったが、やるしかなかった。

ワープアウトは、成功した。飛びだしたのは、ヌルガンの星域だった。その時点で、船は全速航行が不可能になっていた。かろうじてサブノズルで制御し、ヌルガンの衛星軌道まで至った。

ここまでくると、もはやガキどころではない。自分たちが生きるか死ぬかの瀬戸際だ。

地上降下をおこない、船が海上に墜落する寸前に救難艇五機と、十機あまりのエマージェンシーポッド、二隻の搭載戦闘艇で全乗員が脱出した。エマージェンシーポッドは海に落ち、救難艇と戦闘艇は海岸の砂浜に着陸した。この時点で、百人以上いたリリーの部下は、ほぼ半数になった。

降下を決めたときから、ここがクルセイダーズの星だとわかっていた。いろいろとやばい星だ。まず、外洋宇宙船がない。機材の補給もできない。そして、なによりも、連合宇宙軍の保護下にある。海賊が到来したとわかったら、艦隊が即座に大挙して押し寄せてくることだろう。

船が墜落する直前、ハイパーウェーブの送信地点を偽装した暗号化通信による救難信号を海賊仲間に向けて送った。とんだ恥さらしである。しかし、背に腹は代えられない。船を失ったあとでは、偽装送信ができない。戦闘艇の通信機を使うと、暗号化はできても偽装ができず、発信元が連合宇宙軍に筒抜けになる。それだけは、なんとしてでも避けなくてはならない。

救難艇とエマージェンシーポッドは捨てた。戦闘艇二隻には全員が乗れる。ヌルガンからの再離脱も可能だ。しかし、ワープ機関非装備では、宇宙空間にでても意味はない。この恒星系でもたもたしているうちに連合宇宙軍に見つかる。撃沈され、宇宙の藻屑と散る。

仲間が連合宇宙軍との一戦を覚悟して、ヌルガンまで救援にくるかどうかはわからない。それはボスであるゴーマンが決定する。

リリーにできるのは、なんらかの方法で、とにかく生き延びることだけだ。

まずやるべきことは、クルセイダーズの村の完全占拠だ。占拠して村人を人質とする。かれらを材料に、連合宇宙軍と取引する。人質は多いほどいい。皆殺しにしたいが、それをやると、あとに響く。人手は、必ず必要になるだろう。まずは村を焼いて食料を奪うことだ。あれば、武器も没収する。その上で適当な広場を探し、そこに海岸から戦闘艇を移す。広場がなかったら、焼き払った村のあとに離着床をつくる。

墜落から一時間後。

海賊たちがクルセイダーズの村に襲いかかった。時間は貴重だ。とにかくこの事態に連合宇宙軍が気がつく前に、打てる手すべてを打っておかなくてはならない。

村が炎上した。

燃えさかる家々を見据え、リリーはありとあらゆるものを罵《ののし》る。

ガキだ。すべては、あのガキのせいだ。ゴーマン・パイレーツのジェントル・リリーが、こんな無様な目に遭ったのは、あのガキを船内でさっさと捕まえることができなかったからだ。

腹立たしい。自分自身にむかつく。三十年以上に及ぶ海賊人生で、こんな屈辱的不始末は、はじめてだ。

「アドロサ！」

リリーは副長を呼んだ。褐色の肌に長い手足。美貌の女海賊だ。一流のモデルだと言ってもだれも疑わないが、中身は凶暴無比である。趣味は殺人。人の血を見ることを何よりも好む。

「何かしら？」

アドロサがきた。その右手には鮮血にまみれた男の生首をぶらさげている。

「ガキはどうなりました？」

リリーは訊いた。

「いまさっき報告が届いたわ。ホバーカートを奪って山のほうに逃げたって」

「あなたのチームで追いなさい」

「あたしが？　いやよ」肩をそびやかし、アドロサは首を横に振った。

「ここでもう少し首を狩りたい。肉を切り刻みたい」

「追うのです」

リリーの背中が大きく左右にひらいた。

ふわっと広がり、きらめくように発光する。

アドロサの表情がこわばった。

冥界《ヨミ》の翼。真正面で見たものには、死が訪れる。

反射的に、アドロサは一歩、まわりこむように動いてリリーから離れた。

怒りが伝わってくる。これほど激昂《げきこう》するリリーを目にしたことは、一度もない。対応をしくじったら、副長であっても間違いなく殺される。その気配が、波動となってアドロサの全身を殴打する。

「わかったわ」低い声で、アドロサは言った。

「あのガキを追う。捕まえてぶち殺す。皮を剥いで、肉を削ぎ、骨を砕く」

「首はわたしのもとに持ってきなさい。わたしが粉砕します」

「仰せのままに」

アドロサはきびすを返した。漆黒のマントが、闇の中でひるがえる。

「やばい、やばい」

ぼやきながら、走った。その横に、数人の影があらわれた。四人だ。

「あねご、へんなやつらがいます」

ひとりが言った。

「へんなやつら？」

「スペースジャケットを着ています。しかも、統制がとれていて、武器もないのに、けっこう強い。村人を守り、避難させようとしています」

「連合宇宙軍の兵士？」

「軍装は身につけてないです。もしかしたら、クルセイダーズの慣習に従っている駐留軍の連中かもしれません」

「ちょいとおもしろいですぜ」反対側に並ぶ男も、口をひらいた。

「本当に連合宇宙軍なら、どこかにやつらのシャトルがあるはずです。そいつを奪ってここに戻れば、大手柄になるかも」

「あとまわしよ」

「へっ」

「ガキを捕らえて殺せ。それが隊長のご希望。最優先になっている」

「あららら」

「それは、それは」

「ホバーカートで追跡する。二機、調達して。すぐに」

ふたりが闇の中に消えた。

アドロサは走りつづける。

「お待たせしやした」

上空から二機のホバーカートが降りてきた。一機に四人、もう一機にひとり乗っている。

ひとり乗りの一機が、アドロサの脇すれすれまで降りてきた。ひげ面の男が操縦している。さっき、アドロサを「あねご」と呼んだ男だ。ホバーカートが高度を下げた。地面との隙間は数センチしかない。

ひらりとアドロサが宙を舞った。ホバーカートに飛び乗った。

「情報持ってるかい、ダック？」

アドロサがひげ面に訊いた。

「南の山のほうに逃げたという話です」ダックはあごをしゃくった。

「未確認ですが、あっちのほうでホバーカートが一機、音信不通になってます。村人を狩っていたガーロンのカートですが」

「ガキにやられたのかい？」

「未確認なんすよ」ダックは肩をすくめた。

「しかし、これ以外にはネタがありやせん」

「リリーは激怒している。ガキの首を持って帰らなかったら、あたしらの首が飛ぶ。ネタがあるんなら、そこに行くしかないわね」

「とんでもねえ話です」

「誰でもいいわ」アドロサがつぶやいた。

「でくわしたら、絶対に殺す。ずたずたに引き裂いて、肉片にしてやる」

ホバーカートが加速し、高度をあげた。

6

森が行手をはばんだ。

密度の濃い森だった。丈高い木々がぎっしりと生い茂り、斜面を黒く覆っている。しばらく森の上を飛び、熱源をセンシングした。いくつか反応があった。

「森の中に誰かいます」ダックが言った。

「人か獣かは判別できやせん。しかし、いることは間違いないっす」

「このまま降下できるの？」

「無理です」ダックはかぶりを振った。

「このカートはでかすぎます。入ったら、あっという間に木の幹に激突しますぜ」

「ＡＩはなんと言っている？」

「いくつかの熱源は、確率七十パーセント以上で人間だと判定しています」

「カートを捨ててでも追う価値がありそうね」

「やるんですかい？」

「リリーに首飛ばされたくないでしょ」

「どこでも行きます」

「降りられる場所に降ろして」

「承知しやした」

ホバーカートが反転した。サーチライトで、森の切れ目を探した。樹木が伐採され、広場のようになっているところがあった。人為的につくられた作業用の空間らしい。村の住人が、管理している森なのだろう。

二機のホバーカートが並んで降下し、着陸した。

アドロサが、あらためて顔ぶれを確認する。

ダック。マルカ。シュワルツ。オッセ。ヤーガン。マルカが女だ。ひときわ身長が高い。優に二メートルを越えている。肩幅も広く、全身が筋肉の塊である。膂力《りょりょく》は第一戦闘部隊随一だ。白兵戦になったとき、敵の戦闘員を素手で引き裂いたことがある。腕をもぎ、首をねじ切った。

さまざまな武器を手に、六人がカートから降りて地上に立った。手ぶらなのは、アドロサひとりである。アドロサは全身が武器だ。レイガンもブラスターも必要ない。

六人のうち、五人がヘッドセットを装着した。暗視鏡やディスプレイ、通信機が備わっている。アドロサは必要ない。それらの機能はすべて、彼女の体内に装着されている。

森はほぼ完全に闇で覆われていた。葉叢《はむら》にさえぎられて、空はほとんど見えず、星明かりも届かない。

「こっちです」ダックが先導した。

「距離は直線で五百メートル。ＡＩがもっとも人間じゃねえかと言っているやつです」

ヘッドセットのディスプレイにナビゲート映像を流した。眼前に光点が浮かんだ。先ほど熱源探査でとらえた標的のうちのひとつだ。木々の配置もマークされていて、最短経路が光の帯で示される。

六人は足を速めた。樹木と樹木のあいだを、一気に駆け抜けた。

とつぜん、森が途切れた。

ダックは足を止めた。同時に右手を横にひらいて、後続の五人を制した。

「人工の広場です」ダックは小声で言った。

「標的はこの近辺にいます」

「いやな空間ね」アドロサが言った。

「誘いこもうという雰囲気がある」

「どうする？」

マルカがアドロサの横にきた。首ひとつ以上、マルカのほうが背が高い。光沢のある生地のタンクトップにショートパンツ。肌は黒光りしていて、髪は針山のようになって高く突き立っている。

「あたしが行ってもいいよ」マルカは言う。

「いま派手に暴れたい気分だから」

「見くびってるの？　あのガキのおかげで、船がどうなったかを忘れたんじゃない？」

「忘れてはいない」マルカは右の拳を握り、それをぶんと振りまわした。

「だから、行く。こそこそしていても、あいつを殺すことはできない」

「あのガキはクルセイダーズじゃない。だから、武器を持っている。ダックが言っていたスペースジャケットの連中も気になる。そいつらが連合宇宙軍なら、武装しているはず」

「だから、なんなの」もう一度、マルカは拳を振った。

「あのくそガキに仕留められたら、あたしはそれまでのやつだったってことでいい。納得して死んでやる」

「わかったわ」アドロサは根負けした。

「先陣をまかせる。援護はしない。おとりとして扱う。それでいいか？」

「上等よ」

マルカはにっと笑った。

体をひるがえす。

広場へとでていった。身をかがめたり、ジグザグに走るなどということはいっさいしない。胸を張り、堂々と歩を進めていく。

むろん、周囲は闇だ。その姿、アドロサたちには見えるが、ナイトスコープなどとは無縁のクルセイダーズには絶対に見えない。だが、気配を感じとれる能力を有する者には、その動きを察知できる。原始的な弓矢のような武器さえ持っていれば、攻撃も可能だ。ただし、それでマルカを斃《たお》せるのならば。

いきなりマルカが腰に提《さ》げていたレーザーガンを抜いた。

トリガーボタンを押し、パルスレーザーを乱射した。

狙いは定めていない。闇の奥めがけ、マルカは撃ちまくった。パルスレーザーは、破壊力を持つ。何かに当たれば、そこで光条のエネルギーが爆発し、対象物を粉砕する。

空地を囲む木々が砕けた。地表が弾ける。炎があがり、あたりがオレンジ色の光で淡く照らしだされた。

マルカめがけ、頭上から何かが降ってきた。

矢だ。数十本の矢が、束になって落下してきた。

「ふん」

マルカは鼻で笑った。

そのままレーザーガンを撃ちつづける。

黒い肌が、虹色の輝きを鈍く放った。

矢が、きた。マルカを射抜く。

いいや。矢は刺さらなかった。十数本が命中した。そのすべてが、皮膚に触れた直後に弾き飛ばされた。

へし折れた矢が、バラバラと地表に落ちる。鉄製の鏃《やじり》が平たくつぶれ、貫通力を失っている。防弾、防刃、防熱が施された強化ポリマーの皮膚で全身を覆い、あらゆる攻撃をはね返すことができるように改造されたサイボーグ。それがマルカだ。

闇の中に、人影らしきものがあらわれた。炎のオレンジ色を横切るように躍った。

「でてきたっ」

男四人が広場に飛びだした。

「馬鹿か」

マルカが低い声でつぶやいた。人影はたしかに温度センサーに反応している。しかし、挙動でその動きは人間のそれではないと、彼女は見破った。

体温くらいに加熱しただけのダミーだ。

ロープが跳ねあがった。地面に溝を掘り、埋めて隠してあった。

そのロープが、男四人とマルカにからみついた。同時に、鋭く先を尖らせた短い杭が垂直に起きて立った。

足をロープにすくわれた相手が、バランスを崩してその上に倒れこむ。それでかれらは串刺しになる。そういう目論見の仕掛けだ。

が、そうはならない。

男四人は、たしかに倒れこんだ。しかし、それだけだった。

「いってー!」

杭の先端に乗りあげ、そう叫んだだけで横に転がった。串刺しどころか、怪我ひとつしていない。マルカに至っては、微動だにしなかった。からみついたロープが一瞬ぴんと張り、そのあとあっさりと切れた。

「ざけやがって」

ダックが悪態をつく。

男四人が着ているのは、一見する限りただの薄汚れた普段着だが、実際はそんなものではない。海賊が愛用する戦闘スーツだ。防弾、防刃、耐熱で、携帯型の対人火器程度なら、繊維が傷つくことすらない。

ロープが燃えあがった。火花をあげ、炎を散らす。

轟音が響いた。

爆発だ。そこらじゅうで爆発が起きた。黒色火薬の爆発である。音と煙だけで、破壊力は低い。しかし、広場を囲んでいた木々の幹は微塵《みじん》に砕いた。

木が倒れかかってくる。さらには、地表も何か所か陥没する。

笑い声があがった。仕掛けはひとつとして功を奏していない。男たちは笑いながら、その攻撃をかわした。

「見つけたわ」

マルカが舌なめずりした。彼女の視界では、さまざまな色が躍っている。その中のふたつが、明らかに人間の体温の色だ。輪郭も挙動も、間違いなく人間のそれ二体である。

その二体が左右に分かれた。

一体が、広場に飛びだした。

男四人のひとりに向かって、突進する。シュワルツだ。不意打ちを狙った動きだ。しかし、シュワルツはその姿を視認していた。

「でえいっ！」

気合いがほとばしり、長柄の武器が闇を裂くように一閃した。

襲いかかったのは、コワルスキーだった。目的はひとつ。海賊の火器を奪う。レイガンでもヒートガンでもいい。とにかく火器がほしかった。

全身全霊をこめて振りおろしたグレイブだった。が、あっさりとシュワルツにかわされた。

「コワルスキー！」

カリンの声が響いた。同時に、何かが飛んできた。

コワルスキーの足もとに落ちた。丸い、ボールのようなものだ。

「うわっ」

コワルスキーは地面に転がった。大きくジャンプし、ボールから離れた。

発火した。ボールから火が噴きだし、周囲に炎を散らした。

7

「花火だなんて、遊んでくれるね」マルカが這いつくばっているコワルスキーの前に立った。

「あたしらを舐めきっているともいうけど」

「立って！」

カリンがきた。コワルスキーの背後だ。腰をひっぱり、引き起こそうとする。

「逃げるわ」

「おう」

グレイブを杖がわりにして、コワルスキーは身を起こし、立ちあがった。

まわりを見る。

だめだ。

逃げ場がない。コワルスキーとカリンは、海賊五人に前後左右を囲まれている。

「こいつら、なんなの？　化物？」

カリンがコワルスキーに訊いた。

「まあ、そうだ」

コワルスキーはうなずいた。認めるしかない。文明を否定しているクルセイダーズにとって、最新兵器を携えた海賊どもは、間違いなく化物だ。それ以外の何ものでもない。

「ちっ」

甲高い舌打ちが響いた。

アドロサだ。

アドロサが、ゆっくりと近づいてくる。広場を取り巻く森が、火災で巨大な松明のようになった。昼のようだとまでは言わないが、視界はそれなりにある。もはや、ここは闇の広場ではない。

「ガキはどこ？」

アドロサが訊いた。

「いない」マルカが言った。

「おっさんと小娘だけ」

「どういうことかしら！」

アドロサの全身が銀色の光を放った。

放射状にひらいた電磁メスのきらめきだ。

アドロサは肉体のそこかしこに電磁メスを埋めこんでおり、それを自在に操る。四方に飛ばし、標的を追尾してその切っ先が触れるものすべてをずたずたに切り裂くこともできる。

「怒るなよ」マルカがなだめた。

「こいつらちゃちゃちゃっと片づけて、また探すから」

マルカが、コワルスキーとカリンに向き直った。

いきなりだった。

カリンのあごに拳を叩きこんだ。

一瞬の出来事である。目にもとまらぬ早業とは、まさにこれだ。かわしようがない。

マルカの一撃を浴びて、カリンのきゃしゃなからだが水平に飛んだ。

そこに、アドロサがいた。

「ちっ」

また舌打ちする。

アドロサの右腕が斜めに走った。

電磁メスの切っ先が、カリンの左脇腹をえぐる。

鮮血が散った。

カリンが崩れ落ちた。

コワルスキーが駆け寄った。

左手でカリンを支え、右手のグレイブを正面に突きだした。

青龍偃月刀など、かれらを相手にしたらなんの役にも立たない蟷螂《とうろう》の斧である。しかし、もうほかにやれることはない。

「抵抗するやつは、かわいいねえ」アドロサがにやりと笑う。

「あたしはそういうやつをずたずたに切り刻むのが大好きなんだよ」

全身から四方に向かって広がる電磁メスの刃が、光度を増した。

だめだ。

コワルスキーはぎりっと歯噛みした。

抗する手段がない。完全に絶体絶命だ。やられる。もはや生きながらえるすべは、どこにもない。

アドロサが迫る。間合いを詰めてくる。

鋭い金属音が、いあわす者たちの耳をつんざいた。

黒い影が、視界を覆う。

「飛び乗れっ！」

コワルスキーは、声を聞いた。

知らない声だ。甲高く、少し幼い。

何も考えなかった。ためらうこともなかった。コワルスキーは瞬時に判断し、その声の指示に従った。理屈ではない。軍人としての本能がそうさせた。

カリンをかかえて、ジャンプした。弧を描いて落下し、背中から固い床の上へと落ちた。落下距離が予想よりも短い。

宙に浮いていたのだ。何か平たい、台のようなものが。その上にコワルスキーとカリンはどすんとのった。

「これで戦え!」

幼い声の主が、鉤《かぎ》状の物体をコワルスキーの左手に渡した。コワルスキーは、それを握った。握って、すぐにその正体がわかった。

銃だ。おそらくレイガン。待望の近代兵器である。

グレイブとカリンを床に置き、レイガンを右手に持ちかえた。身を起こし、背後を振り返った。下に目をやる。

炎に照らしだされた海賊の姿が見えた。男が三人。こちらに向かって火器をかまえている。

反射的に狙いをつけ、コワルスキーはレイガンを撃った。

光条が疾る。

男三人の頭部をビームが貫いた。海賊は油断していた。敵は原始的な武器しか持っていない。自分たちは防弾耐熱の服で身を鎧《よろ》っている。だから、地面に伏せることもなく、その場に突っ立っていた。

「逃げるぜっ」

また、声が言った。同時に、床が加速した。高度があがる。

それでわかった。

これは乗物だ。おそらくはホバーカート。

誰かがホバーカートで海賊たちの包囲網に切りこみ、コワルスキーとカリンを救ってくれた。

ビームが返ってきた。海賊たちがようやく事態に気がつき、反撃を開始した。しかし、もう遅い。カートは全速力で逃走しはじめている。

地上では、アドロサが激昂していた。

「あのガキだっ！」電磁メスを振りまわし、怒鳴り散らす。

「どういうこと？　森の中にカートが入ってきた」

「真上から降ってきたんです」シュワルツが言った。

「ダックとヤーガン、オッセがやられた」

「ドジこいてんじゃないよっ！」

マルカの罵声が飛んだ。

「カートに戻って追う」アドロサが言った。

「このまま見過ごすことはできない。そんなことをしたら、百パーセント、リリーに殺される。何があっても、あのガキをつかまえるしかないんだ。生き残りたかったら」


ホバーカートが、森の上にでた。

「ふたり増えると、やっぱ重いや」

「助かったぜ」

ほおと大きく息を吐き、コワルスキーは床の上にへたりこんだ。その手が、カリンのからだに触れた。

「いかん」

それではっとなった。

カリンは負傷している。海賊の女に斬られて出血がひどく、いまは意識も定かではない。

「追手は振りきった」操縦席で声が言う。

「どこへ行こう」

　ホバーカートの上は暗い。コンソールにライトがつくはずだが、おそらくわざと消してあるのだろう。わずか一、二メートルほどしか離れていないのに声の主の姿が見てとれない。

「おまえは誰だ？」コワルスキーは訊いた。

「助けてくれたのは感謝している。しかし、その理由も、正体もわからないまま、行動をともにするわけにはいかない」

「もういいかな」

　声の主が、コンソールのスイッチをひとつ、指先で弾いた。

　スクリーンがオンになった。そのほのかな明かりが、声の主の顔を淡く照らしだした。

「え？」コワルスキーが目を剝《む》いた。

「子供？」

「そうだよ。俺《おい》らの名前はタクマ。このあいだ十一歳になった」

　へへっと笑った。丸い顔にヘルメットをかぶり、目にはゴーグルのようなものを装着している。身長は百四十センチくらいだろうか。ユニフォームっぽいスペースジャケットを着ていて、やや大きめのバックパックを背負っている。

「驚いた。幼い声だとは思っていたが、まさか本当に子供だったとは」

「子供子供ってうるせー」タクマは少し顔をしかめた。

「それより、あんたは誰なんだよ？　この星の住人じゃないんだろ」

「連合宇宙軍の大佐だ。コワルスキー。重巡洋艦〈コルドバ〉の艦長だった」

「だった……」

「いろいろあってな」

「詳しい話はあとにして、行先を決めないかい」タクマが言葉をつづけた。「このまま飛んでいたら、またあいつらに見つかっちまうぜ」

「いい隠れ場所がある」コワルスキーは言った。

「山の中にある岩屋だ。食料もあるし、医薬品というほどのものでもないが、薬草なんかも置いてあった。あそこに行けば、とりあえずなんとかなる」

「じゃ、そこにしよう」タクマはうなずいた。

「案内、できるかい？」

「方角は、わかるか？」

「ああ」

タクマはコンソールを見た。センシングされた地上の様子が、３Ｄの模式図となって映しだされている。

「うろ覚えだが、なんとかしてみる」

コワルスキーは立ちあがり、コンソールの前に進んだ。

スクリーンを覗きこんだ。

第三章　バランガの森

1

しばし迷ったりもしたが、なんとか洞窟の岩屋にたどりついた。ホバーカートが降りられるような空地が近くになかったので、少し離れたところにあった平たい岩塊の上に着陸した。そこからコワルスキーがカリンを背負い、タクマとともに洞窟まで歩いた。タクマのゴーグルはＡＩが視界の明度を制御しているという。このおかげで、なんとか道をたどることができた。

岩屋にはめこまれた木製の扉をあけた。鍵のありかもわかっている。中に入った。

武器を運びだしてあいていた棚のひとつに、カリンを横たえた。コワルスキーの応急処置で出血は止まっているが、意識はまだ戻ってない。

　薬草を引きずりだし、カリンの脇腹に貼りつけて包帯を巻いた。傷は恐れていたような深手ではなかった。内臓には届いていない。気を失ったのは、痛みからくるショックのせいだろう。この薬草が効くかどうか、コワルスキーにはわからないが、「怪我したら、これを傷口に貼るの。覚えておいて」と、カリンに言われていた。それが役に立ったのは、完全に予想外である。聞いておいて、よかった。

「発熱もしているぜ」

　ゴーグルを外し、タクマが言った。カリンの頰に手をあてている。

「解熱剤を飲ませよう。正体不明の丸薬だが」

「マジに、ここはすげー星だな」タクマは肩をすくめた。

「まさか洞窟の中に家があるとは思わなかったよ」

「家というより、倉庫だ。わしが使っているグレイブも、ここで調達した」

「連合宇宙軍の士官なんだろ。もっとましな武器を山ほど持ってるんじゃないのか」

「ああ、持っていた。しかし、いまはそのすべてを失った」

　コワルスキーはタクマに向かい、これまでのいきさつを話した。子供相手に語っても、さしたる意味はないし、理解してもらえるとも思っていなかったが、順を追って丁寧に説明しないと、妄想扱いされてしまう。

「ブラックホールでワープ？」

案の定、あきれられた。

「いろいろ運に恵まれたのだ」

「半分くらいは、信じとくよ」

「で、おまえはどうしてここにいる？」

「ガファスの宇宙港で、あいつらの船を見かけたんだ」

「ガファス？」

「デロングリアの首都だよ。いて座宙域の太陽系国家。仕事が終わって、ちょいと立ち寄ったんだ」

「仕事？」

「俺ら、クラッシャーだぜ」

「クラッシャー！」

コワルスキーの頰がぴくりと跳ねた。

あらためて、タクマの全身を眺めてみた。

スペースジャケットを着ている。上着がオレンジ色で、ボトムがシルバー。見た目はたしかにコワルスキーの知っているクラッシャーのそれに似ていた。しかし、デザインが少し異なっている。胸に特徴的なボタンが並んでいるのは同じだが、そのまわりを複雑な幾何学模様が白く取り巻いている。

「子供なのにか」

「だから、子供って言うなよ」

「十一歳だ」

「たしかに、まだ正式にクラッシャーのライセンスはもらってねえ。形式的には見習いってことになっている。でも、クラッシュパックだって持ってるし、それなりに訓練も受けてきた」

タクマは背負っていた赤いバックパックをコワルスキーに見せた。

「話を戻すぜ」

「ああ」

「夜、俺らはひとりで宇宙港に帰ってきた。父ちゃんたちは、街でやることがあったから」

「子供はさっさと寝ろってやつだな」

「ターミナルビルを抜けたとき、俺らは見覚えのあるおっさんとすれ違った。変装とか、そんなことはいっさいしてなかったから、そいつがジェントル・リリーだってことはすぐにわかった」

「海賊が堂々と一国の国際宇宙港に出入りしているのか？」

「デロングリアは自由貿易国家だ。あんた、連合宇宙軍の大佐なのに、知識がぜんぜんないな」

「そういうことも、たまにはある」

「賞金首だろうが、亡命した独裁者だろうが、デロングリアは入国を認める。ただし、滞在中は完全な監視状態に置かれ、どんなに軽い犯罪でもやっちまったら、即座に逮捕される。道に唾吐いてもだめだ」

「そんなすごい監視ができるのか？」

「できるさ。常識だぜ」

「で、おまえはどうした？」

「リリーの船を探した。今回の仕事、実はリリーがらみだったんだ。ていうか、あいつのボスのゴーマンがらみだった。だから、俺らはあいつの船を探索しようと思った」

「おかしいだろ、それは。仕事を受けるのはおまえの父親だ。まず父親に連絡するのが筋じゃないか」

「そんな悠長なマネはやってらんない。とりあえず、いつまで宇宙港にいるかくらいはたしかめないと、離陸されちゃう可能性がある。船にもぐりこめば、その手の情報は絶対に得られる。そのあと、父ちゃんに報告すれば、そいつは俺らの手柄だ」

「見習いからの昇格狙いか」

「まあね」タクマは拳を握り、親指を立てた。

「だけど、そいつがとんでもないことになった。リリーの野郎、到着したばかりじゃなかった。これから離脱しようってとこだった。もぐりこんだとたんに出発だよ。逃げだすひまなんかなかった」

「その海賊船が、どうしてヌルガンなんぞにきた？」

「俺らが見つかっちまったからさ」

「なに？」

「何回目かのワープんときだった。インした直後に姿を見られた。腹が減って、食いものを探していたんだよ。そうしたら」

「とっつかまった」

「いやいや」

タクマは首を横に振った。

「こいつを持ってるんだぜ」クラッシュパックを示した。

「ハイパワーのハンドブラスターをとりだして、撃ちまくってやった」

「ワープしている船の中でか！」

「ちょっとだけ逆上した」

「どういうちょっとだ」

「とにかく逃げて逃げて逃げまくって、そこらじゅうにハンドブラスターを撃ちこんだ。

そうしたら、メインエンジンのコントローラーかなんかをぶち抜いてしまった」

「これだから、子供でもクラッシャーってやつは……」

「船は緊急ワープアウト。でもって、でたとこにあった星がヌルガンだった」

「海賊とはいえ、リリーに同情したくなる」

「船内は大混乱に陥った。もう俺らを捕まえるどころじゃない。だから、そのどさくさにまぎれてエマージェンシーポッドを奪い、あいつらと一緒にここに降りた」

「ホバーカートも奪ったのか？」

「降りてからね。あいつらが村の襲撃をはじめて騒然としていたので、パクるのは簡単だった。山のほうに飛んでくると、森の中に熱源反応があった。追いつめられた村人がいる。助けようと思って降下した」

「無視して逃げるという道は選ばなかった」

「クラッシャーを舐めんなよ」

タクマはキッとなって、コワルスキーを睨んだ。栗色の髪に、アンバーの瞳。こうして見てみると、顔は間違いなく十一歳の少年のそれである。

「すまん」コワルスキーは謝った。

「助けられたのは、俺たちだったな」

「とにかく、そういうわけで、俺らはここにいる」

「リリーの子分どもが、いきり立っているわけがよくわかった」

「あいつらは、追跡を諦めないね。必ずまた俺らたちに襲いかかってくる」

「同感だ」

「武器を分けよう。レイガン一挺と、その原始的な武器だけじゃ、海賊とやり合えない」

タクマはクラッシュパックをとり、蓋をあけた。

「さっき感じたんだが」コワルスキーが言う。

「このレイガン、パワーが違う。型式に記憶がない。クラッシャーの特注品か？」

「ふつーのモデルだぜ。連合宇宙軍も制式採用している」

タクマはクラッシュパックから火器をいくつかとりだした。

「なんだ、これは」そのひとつを見て、コワルスキーの目が丸くなった。

「これが海賊船一隻を沈めたハンドブラスター！」

「かっこいいだろ」

「いまは何年だ？」

「え？」

「西暦だ。いま何年になった」

「二一七九年」

「七……九……年」

「いつだと思っていた?」

「わしがいたのは、二一六一年だ」

「はあ?」

「ブラックホールのワープで狂ったか、ここまでくるのに亜光速で航行したのが影響したか、あるいは、その両方か。とにかく、予想以上に時間が流れた」

「あんた、十八年前の連合宇宙軍大佐ってことなのか」

「信じられん」首を左右に振り、コワルスキーはつぶやくように言った。

「絶対に信じられん」

2

「だが、納得できたことがある」長い間をおいて、コワルスキーは言を継いだ。

「さっきの海賊どもだ」

「うん。あんた、けっこう驚いていた」

「あれは、わしの知っている海賊ではなかった。名前もそうだが、全身をサイボーグ化している海賊を見るのも、はじめてだった。よほどの特殊なケースでない限り、あれほどの生体改造はありえない」

「いまは、けっこうみんなやっている。武器の内蔵はもちろん、厳しく規制されているけど、ファッションや職種レベルでも、サイボーグ化はぜんぜん珍しくない」

「職種？」

「建築とか、船乗りとか、パフォーマーとか、いろいろさ。それなりに金がかかるから、誰でもってわけじゃない。でも、腕だけちょっと強化なんてのは、まあ、ふつーにやっているね」

「クラッシャーもやっているのか？」

「俺らたちは例外のほうだ。評議会が認めれば、クラッシャーは好きなようにサイボーグ化できる。けど、任務で大きな障害を負ったとか、そういうのでなければ、改造はやらない。生身に機械を組みこむんだぜ。副作用は少なからずある。へたすると、内臓への負荷で突然死ってことになりかねない。そういうのに命を懸けるやつはいねーよ」

「海賊は違うんだな」

「あいつらは、強くなるためには死んでもいいとほざく連中だ。規制も無視するし、副作用も気にしない。死んだら、運が悪かっただけ。太く短くが身上だ」

「無法者の気質は十八年前と変わりなしか」

「たいへんだぜ。十八年のギャップを埋めるのは」

「たしかに微妙な年数だ。五年くらいならなんとかなる。百年なら諦めがつく。しかし、十八年というのは……」

「どうする？　このあと」上目遣いに、タクマはコワルスキーを見た。

「あんたはもう軍籍がない。ていうか、殉職ってことで二階級くらい特進して、どっかに墓が建っている幽霊みたいな存在だ。それでも、海賊相手に戦うつもりか？」

「当然だ」コワルスキーは胸を張った。

「軍籍があろうがなかろうが、わしは軍人だ。民間人の生命、財産に危険が及ぶときは、身命を賭して、それを阻止する。ほかに選択肢はない」

「じゃ、決まりだね」タクマはぱんと手を打った。

「あいつらをぶっ飛ばそう」

「なんか、手はあるのか？」

「船……かな」

「船？」

「宇宙船だよ。海賊の船は救難艇やエマージェンシーポッドだけじゃなく、二隻の小型戦闘艇も搭載していた。リリーは、たぶんそいつで降りた。いま、それがどうなっているかはわからないけど、まだ飛ぶことができるのなら、その戦闘艇を奪う」

「意味がわからん」コワルスキーは首を横に振った。

「恐ろしく危険な作戦だし、仮に船内に入りこめても、逃げ場を失うだけだ」

「船内だと、あいつらの戦力は半減するんだ」

「半減？」

「すげー改造をやらかしちまった海賊の幹部は一種の化物だ。化物はめちゃすごい相手だが、それはそれで、扱いに困ることがある。状況によっては、全力がだせない。さっきのデカ女みたいに皮膚の装甲化程度ならなんとか使えるけど、半端ない改造している上の連中が宇宙船の中で本気だしたら、船はあっという間にズタズタのぼろぼろになる。爆発して、粉微塵だ。地上でも、まわりに仲間や部下がひしめいていたら、みんな巻き添えを食らう。それくらいのパワーがあるんだ」

「なるほど。それで、海賊船にもぐりこんだおまえも、逃げきることができたってわけか」

「俺らは気にせず、ハンドブラスターを撃ちまくったけどね」

「海賊よりやばい」

「子供は無邪気だから」

「ほざけ」

「とにかく、まずは偵察だよ」

タクマは手首の端末をオンにした。映像が真上に浮かびあがり、3Dで地形図が映しだされた。

「一応、俺らの端末に、ヌルガンのデータも入っていた。ほんのちょっとだけ。でも、地図がわりにはなる。住民が居住する集落を探すのも簡単だ」

「わしらがいた村ってのは、どこだ?」

「ここだね」地形図に白い光点があらわれた。

「で、俺らたちがいまいるのが、ここ。直線距離で七、八キロくらいかな」

山の中に、赤い光点が灯った。

「よし」コワルスキーが大きくあごを引いた。

「わしが行く」

「いや。俺らだ」

「子供にまかせられるか」

「カリンがいるんだぜ」タクマが首をめぐらした。

「あんな状態のあいつの面倒を見るのは、無理だ。そもそも、先史時代の原始的な薬草の知識なんか持ってない。何かあったとき、お手あげになる」

「…………」

正論だった。たしかに高熱を発して意識不明のカリンをほうっておくわけにはいかない。

段取りが定まった。タクマが偵察に行くことになった。ホバーカートは目立つので、使わない。タクマは、大丈夫だと言いきった。ゴーグルなどの装備もあるし、地図を検索できる端末も持っている。小柄なので、隠密行動にも適している。あんたが行くより百倍くらいマシだと胸を張られ、コワルスキーは反論できなかった。

そして。

カリンは、その三日後に意識を戻した。

「ここ、どこ？　いま、いつ？」

棚を流用した木製ベッドの上で彼女が目覚めたときの第一声がこれだった。

「岩屋だ。海賊にやられてから、まるまる四日が過ぎた」

コワルスキーが答えた。

「切り裂きアドロサの電磁メスを食らって死ななかったってのは奇跡だぜ。しかも、治療といったら、怪しげな薬草で傷口をふさいだだけだ。おまえは、めちゃくちゃ運が強い」

タクマが言った。

「あんた……誰？」

カリンはタクマの顔を見た。表情に警戒の色が浮かんだ。

「タクマだ」コワルスキーが言った。

「見た目も中身も子供だが、本物のクラッシャーだ。いきさつは省くが、海賊の船に密航してヌルガンにきた」

「この子に助けられたってこと?」

「ああ」コワルスキーは大きくうなずいた。

「タクマがこなかったら、わしらは五百パーセント、殺されていた」

「ふうん」

「ふうんじゃねえだろ」

気のない反応に、タクマは文句を言った。

「ちゃんと感謝しているわよ」カリンは肩をすくめた。

「でも、無断でやってきたよそ者にお礼は言えない。きたことが、そもそも戒律違反だから」

「めんどくせー」

「クルセイダーズってのは、そういうものだ。檻に入れられなかっただけマシだと思って、さっさと慣れたほうがいいぞ」

横からコワルスキーが言った。

「そんなことより」カリンが身を起こした。

「村に行かないと」

「まあ待て」コワルスキーが押しとどめた。

「この四日、わしとタクマが何をしていたと思う」

「看病してくれたんでしょ。それも、すごく感謝しているわ」

「看病したのは、コワルスキーだけだ」タクマが言った。

「俺らは、ひとりで村の様子を探ってきた」

「村に行ったの?」

カリンはベッドから降りて立ちあがった。

「ああ。ここにきた翌日に向かって、今朝帰ってきた。そのあと、そこらへんに転がってひと眠りしていたら、カリンが目を覚ました」

「そうだったんだ」

「映像もある」

タクマは右手首を前に突きだした。端末から3D映像が浮かびあがった。

「村の様子だ」タクマは言う。

「見てのとおり、完全に焼き払われた。その跡地に、二隻の戦闘艇が着陸している。海賊船に搭載されていたやつだ。一隻は船体の一部がばらされていて、飛行能力を失っているみたいだった。たぶん、損傷があったんだろう。それで、居住用に改造しはじめている」

「もう一隻は？」

コワルスキーが訊いた。

「見た目、問題なしだね。再離陸できそうな感じだ」

「村人は、どうなったの？」

カリンが身を乗りだし、映像を覗き見る。

「はっきりとはわからなかった。だが、森から枝葉を切りだす仕事をさせられていたのは、ほぼ間違いなく村人だ。四、五十人くらいが捕虜になっているんじゃないかな」

「枝葉の切りだしだと？」

コワルスキーの双眸が、きらっと光った。

「戦闘艇を森に偽装しているんだ。連合宇宙軍に発見されることを恐れているんだろう」

「ということは……」

「救援待ちだね。あいつら、不時着寸前に、ファミリーの専用回線で救難信号を送っている。下っ端だと、そんなことしても無視されるだけだが、リリーはゴーマン・パイレーツのナンバー2だ。連合宇宙軍と悶着を起こすことになっても、なんらかの方法で救出しようとする」

「なるほど」コワルスキーは腕を組んだ。

「時間的余裕はない。動くなら、いますぐだな」

「派手にやろうぜ」

タクマが言った。

3

地味にやることになった。

そもそも三人しかいないのだ。武器らしい武器も、タクマのクラッシュパック一ケースぶんだけである。しかも、三人のうちのひとりは近代兵器の使用を拒否している。それでは、戦力にならない。

「まずは、頭数をそろえる」

コワルスキーが言った。

「まだるっこしい」タクマは納得しない。

「こそこそっと村に突っこんで、するっと戦闘艇にもぐりこみ、中でぶわっと暴れる。それでいいじゃねえか」

「おまえは馬鹿か」

「なんだよー」

「そんなものは作戦じゃない。ただの特攻だ。自殺してどうする」

「頭数そろえるってのも、わけわかんねえ」

「捕虜になったのは五十人くらいなんだな」

「ああ」

「村の総人口は?」

コワルスキーはカリンに訊いた。

「二千百十四人」

「けっこう多いな」

「一応、首都扱いになっているから」

「〈コルドバ〉の乗員は百八十三人だ。村人にも、うちの乗員にも犠牲になった者がいるだろう。あの状況を見たら、それは否定できない。しかし、それでもなお、相当数が難を逃れ、どこかにひそんでいると、わしは考える」

「根拠は?」

「ない」

「なんだよー」

「まず、かれらの行方を捜す。ホバーカートと、おまえの端末についているセンシング機能を使えば、不可能ではないだろう。海賊どもも捜索しているはずだから、その動きも参考になる。先に発見できれば完璧だ。頭数がそろって、おまえ好みの派手な作戦も実行できる」

「あたし、心当たりがある」カリンが言った。

「宇宙海賊なんかの外敵が侵入してくることは、移民当初から銀河連合が想定していた。自治権を認める条件が、いざというときの避難場所を用意し、連合宇宙軍が助けにくるのを待つってことだった」

「それ、文明に頼るってことじゃん」

「うるさい！」タクマの辛辣《しんらつ》な一言に、カリンの目の端が吊りあがった。

「一方的な条件だったから、どうしようもない。それに、そんな日は絶対にこないと思っていた」

「まあまあまあ」コワルスキーが割って入った。

「話を先に進めよう。心当たりって、どこだ？」

「地下よ」カリンが言った。

「移民以来、ずうっと掘ってきたトンネルがある。長年かけて、手掘りしたの。けっこう深いから、よっぽど高性能なやつでない限り、センシングにもほとんどひっかからない。それは、連合宇宙軍が確認した」

「手掘りの高深度トンネル！」

　コワルスキーとタクマが、互いに顔を見合わせた。

「すげーな」

　タクマが言った。

「クルセイダーズ、恐るべしだ」

　コワルスキーは、首を横に振った。

「村人たちは、みんな掘るのに参加した。もちろん、あたしも。だから、トンネルの位置や状況は頭の中に入っている。図にも描けるわ」

「出入口はいくつある？」

　コワルスキーが訊いた。

「たくさんあるのか？」

　タクマも訊いた。

「換気用の小さな穴はたくさんある。すべて小動物の巣穴や岩の割れ目、洞穴なんかに偽装して。でも、人が抜けられる出入口は三か所だけ。村の中心部と、西の畑の中、そして、北東の森の奥」

「海賊に見つからないように入りこむとしたら、どこがいいかなあ？」

「森の奥ね。目立たないのは、そこひとつ。それでも、かなりのリスクがある」

「マッピングしちまおう」

　タクマが端末を操作した。地形図が浮かびあがった。

「村は、ここだ」指先で示す。

「トンネルを描いてくれ。地下の様子は適当でもいい」

「あたしに悪魔の道具を使えって言っているのかしら?」

「いまは我慢しろ」コワルスキーが言った。

「おまえの仲間たちの命がかかっているんだ。信条は重要かもしれんが、ここは命を優先すべきときだと思う」

「戒律を破るのなら、あたしたちは死を選ぶのよ」

「本当に、それでいいのか?」

「…………」

　カリンは下を向き、しばし押し黙った。

「こうしよう」タクマが言った。

「地面に棒で図を描いてくれ。それを俺らが勝手に入力する。それでどうだ?」

　はっとなって、カリンはタクマの顔を見た。

「いいわ」小さくあごを引く。

「それなら、やる」

　カリンはトンネルの図を描いた。

「長いな」

その図を見て、タクマが目を丸くした。

「人間の力を侮らないでね」カリンが言った。

「手掘りでも、時間さえかければ、これくらいのことができる」

予想以上に複雑なトンネルだった。最大深度は五十メートル近くあり、総延長は数十キロにも及んでいた。

「森の奥の、このあたりに出入口がある」

タクマがその位置を図に描き加えた。

「おそらく、村の端にあるこの穴に飛びこんで、海賊から逃れたはず」

カリンは地面の地図を棒で示した。

「あの襲撃タイミングだと、ぎりぎりだな」コワルスキーが言った。

「二千人も入れたかどうか」

「こっちに走っていれば、なんとかなったと思う。海賊は村を焼くのに気をとられて、畑のほうまでは追ってこなかった」

「西の畑の出入口か」

タクマが、さらに描き足す。

「どっちも、もう穴の痕跡すらない。そういうふうにつくってあった。これは決め事なの。自分が最後だと判断した者は、仕掛けを爆破して、出入口の穴を埋める」

「究極の力技だな」

　コワルスキーが肩をすくめた。

「取り残されたとしても、恨みっこなしよ。村を守るのが最優先。入れなかったときは、すぐにそこから離れて、襲撃者を攪乱《かくらん》する」

「たまんねー！」

「あたしも、はぐれた口。でも、仕方がないと思っている。あたしは襲撃者にマークされた。出入口に走るわけにはいかなかった。だから、逆方向に走った」

「それで、あんなところにいた」

「コワルスキーには感謝している。いくら異端者でも、あんな檻に閉じこめて悪かったわ」

「夜になったら、動こう」タクマが言った。

「森に行く。行って、地下にもぐる」

「森の出入口もふさがれているのではないのか？」

　コワルスキーがカリンに訊いた。

「あそこはちょっと特別なの」

「特別？」

「あそこを完全にふさいじゃったら、地下に隠れた人たちは外に戻ってくることができなくなる」

「たしかに」

「だから、下から上にだけ進めるように仕掛けを施した穴が掘られている」

「なんだ、それ?」

タクマがきょとんとなった。

「木の枝をバネ状に編んで、穴がすぼまるようにつくってある動物用の罠なら知っている。サバイバル訓練で学んだ」

コワルスキーが言った。

「そんなのね」

「木の枝なら、簡単にぶち壊せるぞ」

「仕掛けは、ほかにもあるわ。無理に破ろうとすると、串刺しにされる」

「串刺しって、どうせ槍かなんかだろ。んなの、海賊にも、俺らにも効かないぜ」

タクマは自分が着ているクラッシュジャケットを指差した。

「たぶんね」カリンはあっさりと認めた。

「だから、ちょっとあせっている」

「で、カリンなら、その仕掛けをくぐり抜けられるのか?」

「たぶん」

「たぶんかよ」

「訓練は受けた。でも、それはあくまでも訓練で、本当に穴をふさいでやったわけじゃない。——だから、あんたにまかせるわ」

「何を？」

「先陣」

「それは、つまり……」

「串刺しを食らうの。でもって、そこを突破して仕掛けを外し、あたしたちが入れる穴をあける。それができるのは、その罰当たりな服を着ているあんただけ」

「褒《ほ》めてんのか貶《けな》してんのか、どっちだよ！」

「両方ね」

「両方か！」

「やってくれる？」

「当然だ」タクマは胸を張った。

「俺らはクラッシャーだぞ。頼まれてできねーことは、ひとつもないっ！」

「さすがだわ。しっかりやって、通り道をつくって」

「では、準備をしよう」コワルスキーがてのひらを拳でぽんと打った。

「何があっても、海賊どもに発見されないよう経路をしっかりと確認し、その出入口にたどりつく」

「とりあえずはホバーカートだけど、途中からは歩くしかない。でないと、見つかる」

タクマが言った。

「カリンは大丈夫か？」

「平気よ」にっと笑い、カリンは親指を立てた。

「あたし、回復が早いの」

信じられる言葉ではなかった。

4

森の上をホバーカートが飛行している。

操縦しているのは、コワルスキーだ。背後ではゴーグルを装着したタクマがレイガンをかまえて、周囲をうかがっている。そのとなりには、仏頂面のカリンがいる。事情が事情とはいえ、文明の産物の世話になっていることが、気に入らないのだ。

ホバーカートは森の木々の枝先すれすれを飛んでいた。可能な限り森と一体化して、海賊に発見されることを逃れるためだ。もちろん、ヘッドライトは点灯していない。タクマが端末でナビゲートしているが、あとは勘で制御している。

森が途切れた。そこで、ホバーカートを降下させた。

森の端で、ホバーカートを隠した。コワルスキーはホバーカートを降下させた。木陰に着陸し、枯葉で車体を覆った。

崖が森を断ち切っている。それほど急峻な崖ではない。

「この渓谷沿いで行く」

カリンが言った。

「見つからないかい？」

タクマが訊いた。

「細い川があって、巨岩がごろごろしている。その岩伝いに移動すれば、上から覗きこまれても目立つことはないと思う」

「問題は温度センサーだな」コワルスキーが言った。

「姿は隠せても、体温はどうしようもない」

「クラッシュパックに、熱反射シートが入っている。三人がひとかたまりになってそいつをかぶれば、感知されることはねえよ」

「なんでも持ってるなあ」

「感謝してくれよー」

「あたしは、しない。文明の産物なんて」

「ほんと強情だ」

「うるさい！」

崖の斜面を下った。ゴーグルで視界を得られるタクマがコワルスキーを先導する。暗視装置の力を借りるのを嫌うカリンは、ひとり離れて進む。

谷の底へと降りた。

細い川がある。

「敵よ！」とつぜん、カリンが囁くように言った。

「ホバーカートがこっちに向かってくる」

「どこだ？」

タクマが訊いた。頭上を見まわしている。

「まだ見えないわ。でも、音が聞こえる」

「何も聞こえんぞ」

コワルスキーが言った。まわりはほぼ完全な静寂に包まれている。ときおり、何か啼《な》く声が小さく響くが、それ以外は、しんと静まり返っていて、ホバーカートの飛行音など、どこからも届いてこない。

「あたしには聞こえるの」カリンは言った。

「間違いない。これは海賊のホバーカートよ。あと数分で、このあたりにくる」

「タクマ、熱反射シートをだせ」

コワルスキーが言った。

「いいけどさー」

いまひとつ納得がいかない口調だが、タクマはクラッシュパックからシートをだした。

巨岩の陰に入り、三人は体を伏せてそれを頭からかぶった。

百四十三秒後。

「あっ」タクマが小さく声をあげた。

「センサーが音を拾った」

「何の音だ?」

「この波形は、たぶんホバーカート。もうすぐ真上を通過する」

「カリンが言ったとおりじゃないか」

「…………」

コワルスキーにそう言われ、タクマは返す言葉がない。

「すごい耳だな」タロスがつづけた。

「こんな特技を隠していたとは」

「特技でもなんでもない」低い声で、カリンは否定した。

「クルセイダーズなら、これくらいは当たり前。あたしたちは文明のない環境で生きているの。だから、耳だけでなく、目もいい。聴力も視力も、たぶんあんたたちの十倍くらい。あたしなんか、どちらもむしろ低いほう。凡庸《ぼんよう》なレベルね。村には、もっとすごい耳や目の人がいくらでもいる。でないと、ここでは生きていけない」

「そういうことかあ」

「文明が人間本来の能力を奪ってしまったのよ。だから、こんなことで驚いてしまう」

ホバーカートが通過した。谷を横切るように飛行し、去っていった。

「なんとか、見つからずにすんだな」

コワルスキーが言った。

「俺らたちを探しているのか、それとも、逃げた村人を探しているのか」

「両方だろう。厄介なやつが乗ってないといいのだが」

「待って！」カリンがコワルスキーとタクマのやりとりに割って入った。

「またきた」

「なに？」

「西から一機。ううん、東南からも一機。北のほうにもいる」

「どういうことだ？」

「センサーも感知している」タクマが言った。

「ホバーカート、うじゃうじゃいるぜ」

「様子がおかしいわ。総出で捜索をおこなっているって感じ」

「この中を突破するのか」

「一戦、交《まじ》えちゃう？　俺らが暴れてやる」

「子供が何ほざいてんのよ」

「子供、言うな！」

「静かにしろ！　声をキャッチされる」

言い争いをはじめたふたりを、コワルスキーが制した。

「わしらが向かっている場所に、このまま近づけそうか？」

「むずかしいわ」カリンがかぶりを振った。

「どこかで、海賊をなんとかしない限り、行くことはできない。地下道に、かれらを案内してしまうことになる」

「一戦とまではいかないが、無理でも始末しないと、どうしようもないな」

「ひとつだけ打つ手がある」

「打つ手？」

「谷からでて、そこの山から北側の丘に登るの。そこなら、少しだけ勝算が生まれる」

「丘って、なんだよ？」

「そこに、何かがあるのか？」

「バランガの森」

「バランガ？」

「森？」

「説明はあとでする。この状況じゃ時間がない。まず行くの。あとは、それから」

「うかつに動いたら、海賊に見つかるぞ」

「大丈夫。あたしが耳でカートの動向を捕捉する。途切れたら、一気に走るわ。しっかりとついてきてね」

「わかった」

「まかしとけ」

三人は口をつぐんだ。

音が完全に絶え、また耳が痛くなるほど静かになった。

カリンが、熱反射シートの端を少しあけて、耳をすます。

「…………」

数十秒ほど時が流れた。

「行くわよ」

カリンが言った。言って、身を起こした。

「おう」

コワルスキーとタクマも、彼女につづく。本当にホバーカートの往来がなくなったかどうかは、まったくわからない。だが、ここはカリンの耳を信じる。

すばやく移動し、河原を横切って、再び崖にとりついた。

登りはじめる。

まっすぐではなく、斜めに進んだ。距離は伸びるが、崖にいたほうが見つかりにくいだろうと判断した。

崖の上が近づいた。

「止まって」

囁くように、カリンが言った。

「ほいよ」

すかさず、タクマがシートを広げた。まとめて、三人を覆った。

また息をひそめて、しばし待つ。

「いいわ」

再スタートした。

これを四回繰り返して、ようやく崖を登りきった。

森というほどではない灌木の林がある。とりあえず、その中にもぐりこんだ。

「こっちよ」

カリンが声をかけた。体を低くし、這うような姿勢にならないと、枝葉にひっかかって前進がしづらい。かなりの苦行だ。それでも、しゃにむに前へと向かうしかない。

一時間以上かかって、林を抜けた。その先には、森があった。

「バランガの森よ」カリンが言う。

「あたしから絶対に離れちゃだめ。向こうが覚えている体臭は、あたしのだけ。あんたたちは見知らぬ危険な侵入者」

「向こう?」

「体臭?」

コワルスキーとタクマには、カリンの言葉の意味が理解できない。

「とにかく、くっつくの。そして黙るの。一言も口きいちゃだめ」

カリンがコワルスキーの右腕と、タクマの左腕をつかみ、ふたりを自分の脇に引き寄せた。

そのまま無言で歩を運ぶ。闇の中、森の奥へと入っていく。森は静まり返っていた。これまでの森では動物の啼き声をしばしば耳にした。鳥か獣かはわからぬが、森には住人がいる。いれば、気配が漂う。啼き声も発する。

しかし、この森にはそれがなかった。

カリンが足を止めた。腕をとつぜんひっぱられて、コワルスキーとタクマは、そのことに気がついた。

「どうした？」と反射的に訊きそうになるが、ふたりは言葉を必死で飲みこんだ。

「！」

気配を感じた。

濃密な気配だった。まわりから三人に向かって巨大な壁のようになり、押し寄せてくる。

これは。

殺気だった。

5

「あたしよ」カリンが口をひらいた。

「わかるでしょ。一緒にいるふたりも、あたしの仲間。あなたたちを害することはしない。だから、かれらの匂いも覚えて」

頭上を仰ぎ、ゆっくりと一語一語区切るように言った。

殺気がざわめく。

「バワオッ！」

不思議な声が響いた。低いような甲高いような、奇妙な音色である。

「ありがとう」カリンは言葉をつづけた。

「もうすぐここに敵がくる。ここにいるこの子が、そいつらを森の中に導く」

カリンは、タクマの頭をポンポンと平手で叩いた。

「俺?」

「すごく危険な敵よ。ほうっておくと、森を焼かれ、あなたたちもいつか皆殺しにされる」

「バオッ! バオッ!」

四方から声が湧きあがった。明らかに吠え声だ。樹上に正体不明の生物がいて、それがいっせいに咆哮している。

「なんなんだ?」

コワルスキーがたまらずカリンに訊いた。

「バランガよ。ヌルガンの原生動物。あたしたちの感覚でいうと、類人猿ね。でも、姿はぜんぜん類人じゃない。猿でもない。まったくべつの種族。ふだんは木の上で生活していて、知能がすごく高い。移民後、あたしたちは何十年もかけてかれらと心を通わせてきた。この星でともに生きる。クルセイダーズは、バランガを殺さない。逆に助ける。かれらの森には立ち入らない。向こうも、あたしたちの森にはこない。そういう約束をした」

「そういえば、この森は、いままで見てきた森とちょっと違うな」

タクマが言った。ゴーグルを装着しているタクマは、闇の中でも昼間のようにものを見ることができる。

「ナッサラ樹。特殊な土壌でないと、育たない植物よ。緑色の樹肌に、オレンジ色の葉。バランガはナッサラの葉と実しか食べられない。その中に含まれる栄養分だけが、バランガの命を支えている」

「ナッサラの実って、人間も食えるのか？」

「食べられるわ。ぜんぜんおいしくないらしいけど、毒じゃない。だから、クルセイダーズは、ナッサラの自生する森をすべてバランガに譲り渡した。いえ、それだけじゃなく、森の整備もおこなった。いくつかの山の木をナッサラだけにし、そこをバランガだけのものにした。入るときは、さっきみたいに許可を得る。バランガは近在の村人すべての体臭を記憶し、クルセイダーズではないものが侵入したら、攻撃する。バランガは強いわ。ごくまれに頭の悪い猛獣がバランガを捕食しようとやってくるらしいんだけど、生きて森からでてきたやつはいない。この森の中にいる限り、バランガは無敵なの」

「しかし、海賊はべつということか」コワルスキーが言った。

「ヌルガンに住みついてここにきたら、あいつらは森ごとバランガを焼き、絶滅に追いこむ。それをやられたら、いかに森の支配者といえども、ひとたまりもない」

「そう。あいつらは必ずバランガの恐ろしい敵になるわ。だから、あたしはここにきた」

「事情は、ようやくわかったよ」タクマが言った。

「で、どうするんだい？」

「あんたがいったん森の外にでる」

「はあ？」

「闇の中で目が見えるのは、あんただけでしょ。だから、あんたが海賊を森に引きこむおとりになる」

「おいおい」

「腕のいい見習いクラッシャーじゃないの？」

「それは、そうだけど」

「じゃあ、まかせたわ。海賊を挑発し、森の上空にこさせる。ホバーカートじゃ入りこめないから、あいつらは梢の上ぎりぎりを飛ぶ。そして、降りられそうな場所を探し、そこに着陸しようとする。そこをバランガが狙う」

「不意打ちもいいとこだな」

コワルスキーが言った。

「ええ」カリンはうなずいた。「重要なのはタイミング。うまくいくかどうかは、タクマ次第」

「…………」

「できるわね」

「も、もちろんだ」タクマは胸を張った。

「クラッシャーに不可能はない」

「まかせたぞ」

コワルスキーがタクマの背中をどやしつけた。

押されるように、タクマは前に進んだ。

「くっそー！」

ぼやきながら、闇の奥に姿を消した。

すぐには何も起きなかった。

いくら目立つように動いても、さすがに即発見されるというわけではない。

かなりの時間、待った。体感的には銀河標準時で一時間近くに及んだ。

このまま夜が明けてしまうのではと思ったとき。

闇を光条が裂いた。

同時に、くぐもった爆発音が響き、それに悲鳴がつづいた。

「うぎゃあ！」

タクマの声だった。

光条がつぎつぎと疾る。

「ひいいいい！」

タクマの悲鳴も途切れない。しかも、少しずつ大きくなる。

「こっちにくるんだ」

舌打ちして、カリンが言った。

「そりゃくるだろうな。海賊を引き連れて」

コワルスキーはレイガンをかまえた。海賊から奪ったものだ。ほかにはタクマから分けてもらった小型の手投弾。電磁メスなどを所持しているが、飛び道具はこれだけである。

タクマの声が近づいた。コワルスキーはその方角に向かって走りだそうとした。

「待って！」

それをカリンが止めた。

コワルスキーの右肩をつかんだ。

「ホバーカート、一機じゃない。三機いる。あいつ、集めまくったわね」

「援護しないと、やられるぞ」

「できないでしょ。何も見えないし、三機もいるんだし。あとはまかせるしかない。バランガに」

カリンは、あらためて頭上を振り仰いだ。

「敵がきた」闇に向かって、大声で言う。

「三方から森の上を飛んでくる。恐ろしい武器を持っていて、夜でも目が見える。うかつに近づくと、間違いなく殺される。不意打ちしか勝ち目はない」

光が乱れ散った。錯綜《さくそう》する閃光だ。

カリンは目を閉じた。聴音に専念する。かすかな音ばかりだ。レイガンのトリガーボタンを押す音。とぎれとぎれの悲鳴。バランガのうなり声。それに、タクマの叫び声も重なった。

「冗談じゃねえ！」

タクマが戻ってきた。

息を弾ませ、コワルスキーの前にくる。

「マジ殺されるかと思ったよ」

「でも、生きてるわ」

カリンの反応は、にべもない。

「当然だ。けど、うまくやっただろ。いまどうなっている？」

身を乗りだし、タクマは訊いた。

「もうすぐわかる」

「もうすぐ？」

その言葉が終わるか終わらぬうちだった。

何かが地上に向かって降ってきた。

どさどさどさと、鈍く響く音が三人の耳朶を打った。大きくて重い何かの落下。そういう音だ。しかも、それは三人のすぐ近くにも落ちた。

「うわわわわっ！」

驚愕の声をあげたのは、ゴーグルを装着しているタクマだった。タクマの目には、その何かがはっきりと見えている。

「腕だよ、腕」タクマは叫ぶ。

「ちぎれた人間の腕だ。そこらじゅうが血で真っ赤になっている」

「海賊か？」

コワルスキーがカリンに訊いた。

「そうね。バランガが海賊たちを皆殺しにしたんだと思う」

「おいおいおい」

タクマの声には動揺がある。

「仕方ないわ。知能が高くても、野生の猛獣よ。危害を加えると見た相手は、容赦《ようしゃ》なく襲い、殺す」

「わしらは、本当に見逃してもらえるんだろうな」

「たぶん」

「たぶんかよ」

　タクマが目を剝く。

「こんなこと頼んだの、はじめてだもん」

「おいおいおい」

　落下がおさまった。

　森に、また静謐が戻る。

「終わったわ」カリンが言った。

「ホバーカートの音も消えた」

「機体は、どこにあるんだ？」

「枝の上にのっかっているはず。ナッサラ樹はとんでもなく硬いの。樹肌に傷をつけるのも一苦労。ナイフを幹に突き立てても、跳ね返されてしまう。だから、バランガも樹上生活ができる」

「バウワッ」

鋭い啼き声が、闇をつんざいた。

三人は周囲に気配を感じた。

「いる!」タクマが右手を指差した。

「そこにも、ここにも、あっちにも」

囲まれていた。

バランガの群れに。

6

異臭がコワルスキーの鼻をついた。それでわかった。自分の眼前に、やつがいる。

バランガだ。

横目で左横に立つタクマを見た。

「いるのか?」

訊いた。

「ああ」

問いかけに応じるタクマの声は、語尾が震えていた。

「正面。距離は二メートル」言葉をつづけた。

「一頭だ。身長は、あんたより少し低い。百八十センチくらいかな。見た目はトカゲだ。ただ、頭がめちゃくちゃでかい。俺らの倍くらいある」

　コワルスキーは瞳を凝《こ》らした。輪郭がぼんやりと見えた。位置を聞いたので、顔もおぼろげにわかる。牙があり、目が大きい。丸くひらいた瞳孔が、かすかな光を放っている。

「全身、鱗《うろこ》だらけだ。くすんだ緑色。尻尾もある。腕も脚も二本で、手の指は三、四本。よくわからない。でも、長い爪が生えている。鋭くて、まるでナイフだ」

「ナッサラは幹だけでなく、葉っぱもものすごく硬いの」カリンが言った。

「そのへんの動物のあごじゃ、文字通り歯が立たない。だから、頑丈なあごと牙が要る。木につかまるためには長くて鋭利な爪が必要。バランガは、そのすべてを持ち合わせているわ」

「そんなやつに、海賊どもは奇襲されたのか」

「ええ」

「だったら、ばらばらにされちまうのも、当然だな」

「交渉する。ホバーカートがほしいんでしょ」

「そうだ」

「あたしよ、バランガ。ナボーの森のカリン」

　カリンはバランガに向かい、呼びかけた。

「グワオ」

「無事だった？　誰も怪我していない？」

「ガアワ」

「上にひっかかっているあいつらの道具、邪魔でしょ」

「グワゴ」

「あたしたち、それがほしいの。とりに行くから、渡してくれる？　そうしたら、すぐにこの森から立ち去る」

「ガッハ」

「ありがとう」

「交渉成立よ」バランガからコワルスキーとタクマへ首をめぐらした。

「タクマ、木の上に登って、ホバーカートを森の外に降ろしてちょうだい」

「へっ？」タクマの目が丸くなった。

「また俺ら？」

「そうよ。ナッサラはコワルスキーはもちろん、あたしでも登れない。でも、あんたなら何か登る手段を持っているはず。そうでしょ」

「まいったな」タクマはぼやいた。

YAS.

「完全に見透かされている」

「持ってるのか！」

コワルスキーが言った。

「ああ、吸着ユニットだ。てのひらにはめて、壁に張りつかせる。こいつがあれば、宇宙船の外鈑だって登れる」

「やっぱりね」

「なんか、俺らっていいようにこき使われているなあ」

「それだけ能力があるってことよ。文明の力を借りているだけだから、べつにうらやましくないけど」

「わしは、うらやましいぞ」

「じゃあ、代わろうか？」

「遠慮する」

「ちぇっ」

「グゴッハ」

「バランガが言ってるわ。ついてこいって」

「行くよ。行きますよ」

バランガが歩きだした。三人はそのあとについていった。

一本の巨木の前に至った。直径十メートルはあろうかという巨大なナッサラ樹である。

「ガハッ」

「この木を登るって」

カリンが言った。

「はいはい」

肚《はら》を決めたのか、タクマは素直に従った。

吸着ユニットを装着し、タクマは登りはじめた。

「ガッ」

バランガも動いた。タクマがとりついた場所から一メートルほど離れた位置に立った。

幹に前肢をかけ、爪を立てて腰を落とす。

そのころ、すでにタクマは五メートル以上登っていた。吸着ユニットの能力は高い。

張りつき、剝がす。張りつき、剝がす。両手で交互にそれをするだけで、ぐんぐん高度があがっていく。

が。

バランガは一瞬でタクマを抜き去った。

あっという間だ。すさまじく速い。

「予想外の化物だったな」闇の中に消えたバランガを見送り、コワルスキーが言った。

「本当にあいつらを捕食しようとする生物がいるのか?」

「ほかの連中はみんな頭が悪いから、バランガが倒せる相手じゃないってことがわからないのよ」カリンが答えた。

「言っとくけど、ヌルガンはそれほど平和な星じゃない。ほとんど改造されてなかったから原生生物も多かった。多くの犠牲者をだしながら、あたしたちの父祖は村をつくり、さまざまな生物と共存できる環境を構築してきた。でも、そうでない猛獣もまだけっこういる。バランガくらい頭がいいと、交渉もできたんだけど」

「なるほど」

タクマの姿も見えなくなった。コワルスキーとカリンは、森の外にでた。意外に距離があって、時間がかかった。いつの間にか、森の奥深くに入りこんでいたらしい。でてすぐ、頭上から淡い光が伸びてきた。指向性の強い、帯状の光だ。

「おーい」

タクマの声が聞こえる。

頭上に目をやると、そこに一機のホバーカートが浮かんでいた。夜空を背景に、黒い矩形《くけい》の影が見える。

「おせーぞ」タクマが言った。

「右手に進め。そこにある空地に、二機を降ろしておいた」

「わかった」

光条が消えた。

言われたとおり右手に進んだ。

ホバーカートが二機、並んでいた。タクマは、すでにここまでの回収作業を終えていたらしい。たしかに「遅い」と文句を言うはずである。

ホバーカートが降下してくる。さっきタクマが乗っていた機体だ。

ふわりと着地した。三機のホバーカートが空地に並んだ。

「そっちのやつに海賊がひとり転がっている。息はない。首が折れている」

タクマが言った。

コワルスキーはカートに近づいた。

「調べるんなら、こいつを装着しな」

背後からやってきたタクマが、コワルスキーに何かを手渡した。

それは。

「暗視ゴーグルか?」

「さっき、そこにひっくり返っているやつから剝ぎとった。使えるぜ。壊れていない」

「きさま、子供のくせにそういうのが平気なんだな」

「平気になるしかないだろ」タクマは小さく肩をすくめた。

「ま、俺らだって、多少は修羅場をくぐってきたしね」

「多少……な」

コワルスキーはゴーグルをかけた。

いきなり視界が広がった。

不自然な増感映像とか、そういうものではない。昼間の光景そのものが、そこにある。色も鮮やかで、輪郭もはっきりしている。

「これが、いまのテクノロジーか」

「ふつうだね」

驚いているコワルスキーに、タクマは無粋な一言を返した。

コワルスキーはホバーカートの上に乗った。

タクマの言葉どおり、海賊がひとり、仰向けに倒れていた。コワルスキーは身をかがめ、そのからだを調べた。

「出血は少ない」

つぶやくように言った。

「バランガの腕で背後から一撃されたんだ。それだけで首の骨が砕けた」

タクマが言う。

「武器が落ちてるぞ」海賊の背中で下敷きになっている銃をコワルスキーは見つけた。

「ヒートガンだ」

「やったぜ。拾っといてくれ。ほかにもなんかあるかい？」

「いや」コワルスキーはかぶりを振った。

「これだけだな」

「そいつは、動力がいまいちだった。俺らが最後に乗ってきたやつがいちばんダメージがない。あとの機体はどっか隠して、一機だけもらっていこう。カートは一機あれば十分だ」

たしかに、とコワルスキーは思った。タクマの判断は正しい。

ホバーカートから降りようとした。

そのときだった。

電子音がけたたましく鳴った。

とつぜんである。

「！」

コワルスキーの背中がびくっと跳ねた。

7

ノイズまじりの声が響いた。

「地下トンネルを発見。入口がつぶされてます。入れません」

「入る方法を探せ。応援も送る。本当にトンネルなら、あいつらは必ずそのどこかにいる。見つけ次第、総攻撃だ」

「わかりやした」

「捜索部隊。ひとり残らずクチャンスキーの座標に急行しろ。ほかの場所は、もうどうでもいい。急げ」

声はコンソールの通信機から流れた。

「こいつら、俺らたちじゃなくて、村人の捜索部隊だったんだ」タクマが言った。

「でもって、村の連中、超やばいぜ」

「何があったの？」

カリンがきた。文明に触れるのを厭《いと》う彼女は、ホバーカートから距離を置いていた。しかし、通信機の声が少し聞こえたのだろう。きて、タクマの横に並んだ。

いま耳にしたやりとりの中身を、コワルスキーがカリンに教えた。

カリンの顔色が変わった。蒼白になった。

「やっぱり見つかっちまったか」

タクマが言う。

「やっぱりだと？」

「海賊は武装しているだけじゃない。情報戦や捜索にもたけている。大富豪や政府が必死で隠したお宝だって、必ずほじくりだして奪っていく。いくら遭難した海賊相手でも、クルセイダーズのトンネルなんて、ばれないほうが不思議だった」

「当分、この星にいすわる覚悟ができて一息ついた。だから、本気で奴隷を確保することにした。そんな感じか？」

「たぶんね。派手にやりすぎてほかの村まで手を伸ばすと、連合宇宙軍に存在がばれてしまう。なので、まだそこまではやらない」

「すぐに知らせに行く」カリンが叫ぶように言った。

「こんなとこで、のんびりと状況分析してちゃだめ！」

「落ち着け」コワルスキーが言った。

「海賊がそこらじゅうにいることがわかったんだ。うかつに動くと、俺たちがやられる」

「でも！」

「俺ら、考えたんだけど」タクマが横から口をはさんだ。

「このままだと、どうやってもこっちが負ける。いま聞いたことを知らせて村人たちと一緒に逃げても、絶対につかまる。振りきれない。だから、一か八かでも打ってでるしかない」

「打ってでるって、わしら三人でか？」

「いや、二手に分かれるんだ」

「二手に……」

「レイガンやヒートガンを使える俺らとコワルスキーは、ゲリラ的に海賊と戦うことができる。カリンに、それをやれといっても無理だ。だったら、俺らたちが海賊を攪乱して時間を稼ぎ、その隙にカリンひとりでトンネルに向かい、村人たちを逃がす。そういう作戦だよ。どうだろう？」

「打ってでるのは、わしとおまえのふたりだけということか」

「ホバーカートで死んでる海賊、体格がコワルスキーとあんま違わない、顔もひげ面で、まあまあ似ている」

「それがどうした？」

「あいつのスペースジャケットをコワルスキーが着て海賊に変装し、クソガキを捕まえたといって俺らを村に連れていく。下っ端中の下っ端みたいだから防刃防弾耐熱性能はたいしたことないけど、戦闘時の安全性もちょっとは増す」

「むちゃくちゃだ」コワルスキーは首を横に振った。

「一目でばれる」

「布でも巻いて顔の半分くらいを隠そう。少しだけ、ごまかせればいいんだ。村に入りこめば、そのあとはどうにでもなる」

「ならないな」

「なる！　俺らなら、やる！」

「やって！」カリンが言った。

「やってよ。村を救うには、もうそれしかない」

「本当に一か八かだぞ、これは」

固い表情で、コワルスキーが言った。

「可能性はゼロじゃないわ。小指の先ほどでもあるんなら、あたしはなんとかしたい」

「…………」

コワルスキーは腕を組んだ。

この綱渡り、しくじって死んでも自分は軍人である。悔いは残らない。しかし、クラッシャーを自称しているとはいえ、こんな子供をそこまでの危険にさらすとなると、話はべつだ。どれほど請《こ》われても、受けるのはむずかしい。

しかし。

「コワルスキーがやんないのなら、俺らがひとりで村に突っこむ。でもって、攪乱しまくってやる」

タクマが言った。

「まいったな」コワルスキーは腕をほどき、左右に広げた。

「そこまで言われちゃ、反対のしようがない」

話が決まった。

三人は二機のホバーカートと海賊の亡骸《なきがら》を窪地に移し、その上に土砂をかぶせた。当然だが、徹底的な隠蔽《いんぺい》ではない。上空から見られても、それだけではわからない程度だ。

「センシングされたら、一発でばれるね」

と、タクマが言った。そのとおりだ。しかし、どこにどう隠そうが、いまの三人にこれ以上の工作は不可能である。ここをセンシングされないことを祈るだけだ。その上で、少しでも時間を稼ぐことができるのなら、それでいい。それまでにコワルスキーもタクマもカリンも、つぎの作戦を実行している。

夜明け直前に、三人はその場を離れた。カリンは徒歩でトンネルへの入口がある森へと向かい、コワルスキーとタクマはホバーカートで海賊たちに占拠された村を目指した。

空が明るくなった。

村まで十キロ弱の地点にきた。夜が明けたとなると、これ以上の飛行は危険である。地上からでも、目視で簡単に発見されてしまう。

着陸した。機体を隠せそうな場所を選んだ。やり方は先ほどと同じだ。窪地にホバーカートを入れ、その上に土砂と電磁メスで切りまくった枝葉をかぶせた。

　森の中に入った。時間はかかるが、地表すれすれを這うようにして慎重に進み、村を目指した。コワルスキーは暗視ゴーグルを外したが、タクマは自分のゴーグルを装着したままだ。かれのそれは、いわば万能ゴーグルである。赤外線や紫外線、可視光線など、さまざまな波長の電磁波を個別に認識できるし、望遠鏡や拡大鏡としても使える。

　数時間を費やして、森の切れ目までできた。ここからはしばらく草地を横切り、べつの森にもぐりこまなくてはいけない。その距離は、ざっと八百メートルだ。

「何をしても、ここだと上から丸見えだ」コワルスキーが言った。

「となると、やることはひとつだな」

「ああ」タクマがうなずいた。

「一秒でも早く、つぎの森に飛びこむ。全力で走り抜けて、身を隠す。それしかない」

「怪しい動きはないか？」

「ないね」

　タクマは頭上を見まわした。視野の範囲において、すべてのセンサーにひっかかるものはない。

「じゃあ、行くぞ」

「おう」

「ダーーーーッシュ！」

ふたりが同時にスタートを切った。

走る。

とにかく走る。

タクマが速い。コワルスキーは遅れる。純粋に脚力の差だ。これはやむを得ない。

「うおおおおお」

コワルスキーは必死だ。子供相手に、連合宇宙軍の大佐が大恥をかくわけにはいかない。

甲高い金属音が耳朶を打った。

コワルスキーの肌が粟立《あわだ》った。何かを察知し、それにからだが反応した。

横に飛ぶ。

直後。

たったいまコワルスキーがいた場所が閃光に包まれた。爆発音が轟き、地表がえぐられて四散した。

攻撃だ。上空からの。

コワルスキーは地面の上をごろごろと転がった。

「やめろー！　俺は仲間だ。例のガキを捕まえてきた。撃つんじゃねー！」

海賊になりきり、コワルスキーは怒鳴った。大声を張りあげた。

しかし、その声は相手に届かない。この状況で、そんな叫びが向こうの耳に聞こえるわけがない。変装は、ただの無駄だった。

爆発が連続する。つぎつぎとつづく。

攻撃がやまない。容赦なく撃ってくる。

隠れられる場所はどこにもなかった。とにかくひたすら逃げる。いまのコワルスキーにできることは、それしかない。

目の端に、タクマの姿がちらっと映った。草むらの中、ジグザグに走りまわっている。恐ろしくすばしっこい。

コワルスキーはヒートガンをかまえた。一瞬止まり、敵を探した。転がっているあいだに、方角の見当をつけていた。いまは右手上方だ。

ホバーカートの機影を捉えた。視界をよぎる黒いシルエット。

トリガーボタンを絞った。

炎が疾る。だが、当たらない。車体の一部をかすめただけだ。タイミングが合わなかった。コワルスキーはヒートガンをかまえたまま、ホバーカートを追おうとした。

「！」

殺気を感じた。

反射的に、また横へと飛んだ。

光条がきた。ビームが足もとを焼いた。草むらが激しく燃えあがった。

後方だ。もう一機、ホバーカートがいた。

タクマも反撃を開始した。走りながら体をひねり、上空めがけてハンドブラスターを連射した。

火球が左右に乱れ飛ぶ。が、これもまったく当たらない。動揺が照準を狂わせている。

「がっかりね」

声が響いた。

第四章　人喰いアグワニ

1

光が炸裂した。

銀色の強烈な輝きだ。

この光は？

電磁メスだ。

見覚えがある。あの海賊だ。サイボーグ女。闇深い森の中で迎え撃った。そして、コワルスキーとカリンは歯が立たず、惨敗した。

奔流のごとく宙を飛ぶ電磁メスの群れが渦を巻いてきらめいた。

また、あいつと戦うのか。

コワルスキーがそう思ったとき。

電磁メスがホバーカートを切り裂いた。

「なに？」

コワルスキーは目を疑った。

「えっ？」

タクマも呆然としている。

ホバーカートが一機、スクラップと化して落下した。爆発が起き、炎があがった。

もう一機は、あわてて反転する。

その行手に、一体の影が立ちふさがった。

地上から飛びあがってきた、黒い人影だ。

拳を握り、腕を高く振りかざした。

「でええええええ！」

殴った。ホバーカートのノーズを。

素手の一撃である。

鈍い音が大気を震わせ、ホバーカートの車体が砕けた。

外鈑がへしゃげ、破片が飛び散る。車体がくるっとひっくり返った。乗っていた海賊が振り落とされ、ホバーカートは高度を一気に落として草むらに激突した。

黒い人影が、転がって仰向けに横たわるコワルスキーのすぐ横に降り立った。銀色に光って乱舞していた電磁メスの渦も、すうっと熄《や》んだ。

コワルスキーの表情《かお》がひきつった。

タクマは、その場に立ち尽くしている。

女ふたりに左右をはさまれた。

その姿には、はっきりと見覚えがある。

アドロサとマルカだ。

名前も脳裏に刻みこまれている。

「ほんと、がっかりだわ」

アドロサが言った。先ほどの「がっかりね」という声も、アドロサのそれだ。

「まさか、こんなところで窮地に陥ってるとは思ってなかったよ」これ見よがしに拳を突きだし、マルカも言う。

「森ん中じゃ、けっこう骨があるかもと感心してたのにさ」

「どういうことだ？」

コワルスキーが絞りだすように言葉を返した。起きあがりたいが、からだは動かない。

「あんたたち、逃げても追っ手はこなかったでしょ。なぜだか、わかる？」腕を組み、薄い笑みをアドロサは浮かべた。

「あたしが、あんたたちのことをリリーに報告しなかったからよ」

「俺らをつかまえそこなって処刑されると思ったんじゃねえのか！」

声を張りあげ、タクマが言った。

「あらあ」アドロサは、大仰に目を丸く見ひらいた。

「まあ、それもあるわね。でも、それは外《はず》れ。そんな理由じゃない」

「なに、勿体《もったい》をつけている」ようやく上体を起こし、コワルスキーが鼻を鳴らした。

「言いたいことは、さっさと言え」

「あんたたちが役に立つかもと、考えたからよ」

「役に立つ？」

「あっ」

タクマが声をあげた。

「おまえのその顔！」アドロサを指差した。

「俺ら、見覚えがある」

「そうなの？」

「この前は真っ暗だったから気づかなかった。俺らは、人の顔を覚えるのが得意なんだ。生だろうが、映像だろうが、一度見たら、たいていの顔は記憶しちまう。だから、リリーもすぐにわかったんだ」

「すごいわね」

「おまえは、アドロサじゃない。賞金稼ぎの人喰いアグワニだ」

「おやおや」マルカが両手を広げ、肩をすくめた。

「とんでもないガキだぜ、こいつ」

「さすがは自称クラッシャーと言うべきかしら」

「賞金稼ぎが海賊に転職しているとは、びっくりだ」

「それ、違うわよ」アドロサは腰に手をあて、胸を張った。

「あたしはいまでも賞金稼ぎ」

「海賊は余技ってか？」

「標的がリリーだから」

「へっ？」

「おまえ、リリーを狙っているのか！」

コワルスキーが立ちあがった。

「そう」アドロサは大きくうなずいた。

「三年前、こいつらを引き連れて、ゴーマン・パイレーツにもぐりこんだ」

こいつらと言うとき、アドロサはマルカの顔も見た。

「三年で、リリーの副長になったんだな」タクマの表情が険しくなった。

「人を殺しまくり、略奪をほしいままにし、沈めた船は数知れず。それがゴーマン・パイレーツであんたがやったことだ。そんなの、賞金稼ぎが潜入してやることか。違うだろ。あんたはもう賞金首だ。リリーと同じだ。お尋ね者の海賊だ」

「なんとでも言うのね」アドロサは動じなかった。

「リリーは標的だけど、賞金目当てで追ってきたわけじゃない。だから、手段は選ばなかった」

八年前のことだ。

こと座宙域の太陽系国家、マジョラスのザーナルが宇宙海賊に襲撃された。ザーナルは、ガス状巨大惑星ヌオーリンの衛星で希少鉱石採掘のためにテラフォーミングされ、十万人ほどの人びとが移り住んで鉱山町をつくっていた。

ザーナルにマジョラスの宇宙軍は常駐していなかったが、開発を請け負った企業が傭兵を雇った。傭兵は志願者二百余人を集めて自警団とし、全員に訓練を施して町と鉱山の防衛にあたった。予算が潤沢に与えられたことにより、装備は民間組織とは思えぬほど充実し、仮に海賊に攻撃されたとしても、連合宇宙軍が救援に駆けつけてくるまでは持ちこたえられるだけの戦力を有していた。

不運だったのは、襲ってきた海賊団がゴーマン・パイレーツのリリーだったことである。

凶悪無比。

残忍酷薄。

悪逆非道。

銀河系随一の無法者としてその名を轟かせているジェントル・リリーが、ザーナルの豊かな資源に目をつけた。

想定を大きく超える二十隻の戦闘艦が飛来し、空爆をおこなった。住民たちは地下坑道へと身を隠し、自警団は降下する海賊船を地上で迎え撃った。

「自警団の隊長は、ヘッジルと名乗っていた」アドロサは言った。

「連合宇宙軍の元少尉という肩書だった。それが事実かどうかは、わからない。でも、戦闘員としても、指揮官としても、本当に優秀だった」

「きさま、自警団員だったのか？」

コワルスキーが言った。

「あたしのチームは、みんなそう」アドロサは小さくうなずいた。

「マルカもほかの連中もね。よくある話よ。開発のためにと辺境の惑星のさらにその衛星に移住してきた鉱山技術者の一家。行き場を見つけられなかった子供たちがぐれてチンピラになる。そんなあたしたちを拾って鍛え直してくれたのが、ヘッジル隊長だった」

「本当によくある話だぜ」

タクマが言った。

「てめえみたいなガキにゃ言われたくねえよ」

マルカが鋭い目でじろりと睨んだ。

「あたしたちは必死でリリーと戦った」アドロサは言葉をつづけた。

「圧倒的な戦力差と、全身を改造した海賊たちのすさまじい破壊力。地の利を生かしたゲリラ的戦法を駆使し、ヘッジルは最前線から一歩も引かず、あたしたちを指揮した。あたしたちも玉砕《ぎょくさい》覚悟で波状攻撃をかけた。とにかく時間を稼ぐ。宇宙軍がくるまで持ちこたえる。それだけのために」

「宇宙軍はきたのか？」

「きたわ。連合宇宙軍と一緒に。でも、少し遅かった。ヘッジルがリリーに殺された。ヨミの翼に全身を灼《や》かれ、息絶えていた。自警団も、四分の三が戦死した。あたしたちが生き残ったのは、単に運がよかっただけだった」

「それで、人喰いアグワニになったんだ」

「リリーは、何があろうとあたしたちが倒す。あたしたち六人はそう誓った。でも、それは簡単じゃなかった。だから、賞金稼ぎをはじめた。金を貯め、サイボーグ化された肉体と、海賊と互角に勝負できるスキルを身に着ける。そして、ゴーマン・パイレーツにもぐりこむ」

「二つ名が人喰いだもんな。阿漕《あこぎ》なやり方と、非情極まりない追跡。狙われたお尋ね者はみんな震えあがっていた」

「事情はわかった」コワルスキーが言った。

「要するに復讐だ。しかし、わしは気に入らん。タクマが指摘した。手段を選ばなかったきさまらは、結果として犯罪者に成り下がった。無辜《むこ》の人びとをあまた殺戮《さつりく》し、その財産を奪った。リリーと同じ、腐れ外道となった。そいつを許すわけにはいかん」

「そのとおりよ」アドロサはまっすぐにコワルスキーを見た。

「その結果として、ダック、オッセ、ヤーガンは命を落とした。恨みはしない。当然のことだったと思っている。むろん、それはあたしたちもそう。いつか誰かに殺される。あるいは野垂れ死ぬ。そして、徘徊《はいかい》する獣に肉を食われ、血を吸われる。でも、その前にリリーの首を獲《と》る。その後は、どうなってもかまわない」

「で、どうして俺らたちを助けた？」タクマが訊いた。

「おまえらの仲間三人を倒したのは、俺らとコワルスキーだ。悲願の仇討ちの邪魔をしたんだぜ。あらたな敵《かたき》じゃねえか。こんなことする必要は、どこにもない」

「あったのよ」

アドロサは、ふっと笑った。

2

「あたしたち、これからパイレーツを裏切るの」

「なに？」

　コワルスキーが目を剝いた。

「この星は、やばいわ」アドロサは言を継ぐ。

「いくらこそこそやっていても、連合宇宙軍の監視網からは逃れられない。数日以内に救援がこなかったら、リリーは確実に終わる。つかまるか、射殺されるか」

「けっこうなことだ」

「違う」アドロサは首を横に振った。

「あいつを殺すのは、あたしたち。連合宇宙軍じゃない」

「それで、俺らたちはなんなんだ？」

「手を組まない？」

「組むだとぉ」

「ザルみたいな海賊の探索班にあっさりと見つかってしまうくらいドジで間抜けな凸凹コンビだけど、たったふたりでリリーに挑もうとする、その心意気はなかなかのものよ。

そこを見こんで、助けることにした」

「わしらに、何を期待する?」

「あんたたちがやろうとしていたこと。そのガキをつかまえたと称して、村にもぐりこもうとしてたんでしょ」

「お見通しだな」

「だっせー変装だ」コワルスキーを指差し、マルカが言った。

「そんなんで化けたつもりでいるから笑っちゃうね。百メートル離れていても、偽物だとわかる」

「だろ」タクマが言った。

「提案した俺らも、実はそう思っていたんだ」

「でも、作戦としては使える」アドロサが言った。

「あたしがあんたたちを連行すれば、とりあえず、いきなりばれて射殺されるってことはない」

「それ、信用できねー」タクマは勢いよく首を横に振った。

「素直に村までついていったら、いきなりリリーに引き渡されるってシナリオはごめんだ」

「あほか、おまえ」マルカが鼻で笑う。

「そんなマネするのなら、わざわざこんなやばい橋は渡らない。さっさとぶち殺して、切りとった首だけリリーの眼前に転がしている」

「たしかにそうだ」コワルスキーは、タクマを制した。

「しかし、その話だと、わしらは結局、おまえたちがリリーを討ち取るためのただの道具にすぎないということになる」

「いいいえ、村に入ったら、ちゃんとやってもらうことがあるわ」

アドロサが言った。言って、冷ややかな微笑みを浮かべた。


コワルスキーとタクマは武器を没収されて手錠をかけられた。

完全な拘束状態である。

「ビビってるね」

マルカがタクマに向かって言った。

「ったり前だ」

タクマはマルカを睨みつけた。さすがに、まだ信じきってはいない。

ホバーカートが一機、すうっと降下してきた。

操縦しているのはシュワルツだった。アドロサのチームに男は四人いたが、そのうちの三人をコワルスキーとタクマが倒し、残ったひとりがこのシュワルツだ。

ホバーカートに乗った。

コワルスキーは手首にかけられた手錠を無言で見つめている。

「心配するな」とアドロサは言った。

「これをおまえたちの指先に突きさしておく。手錠の開錠キーだ。これを使えば、いつでも自由の身になれる。タイミングは自分で判断すればいい。ただし、あたしがあんたたちを仲間に引き渡したあとにするのよ。でないとこっちの責任になってしまうから」

アドロサはコワルスキーとタクマの左手人差指の先に長さ数ミリの針を刺し、それを皮膚の内側へと押し入れた。

「その指先を右手のどこかに強く当てて五秒ほど待つの。すると、作動して手錠のロックが解除される」

その言葉が事実かどうか、試してみたかった。だが、解除できるのは一回限りだと付け加えられた。

「そろそろ着くよ」

マルカが言った。コワルスキーはおもてをあげた。

飛行高度は五十メートルくらいだろうか。森が切れ、崖の端にきた。ここから一気に降下する。その行手に、村があった。コワルスキーが村を目にするのは、これがはじめてだ。

予想以上に広い。さすがは人口二千人以上を有していただけのことはある。緑の農園、牧場に点在する手づくりの木造家屋。そういうのどかな光景が、そこにはあったのだろう。

しかし、いまはまったく違う。

黒く焼け焦げた、かつて家だったものの残骸が並び、踏み荒らされた田畑は、原野の一部と化している。くすぶる煙がまだ何か所かでたなびき、風がひどくきな臭い。腐臭らしきものも混じっている。

「戦闘艇だ」

タクマがあごをしゃくった。

村があった場所の真ん中に、二隻の戦闘艇が着陸していた。水平型で、専用の離着床でないと降りられないタイプだが、船体へのダメージを承知でむりやり垂直降下し、着陸した。

「きさまの報告どおりだな」

コワルスキーが言った。

戦闘艇の一隻は、解体されて居住用につくり直されている。そして、もう一隻は船全体が切りだされた枝葉で覆われ、一瞥《いちべつ》した限りでは、ちょっとした小山のように見える。

「いや、違う！」タクマが首を横に振った。

「俺らが見たのと、まるで変わっている？」

「どういうことだ？」

「要塞化されてる。戦闘艇の砲塔を外し、そいつを地上に設置した。いや、砲塔だけじゃねえ。たぶん、搭載していたレーザーガンなどの火器をすべてそこらじゅうに配備したんだ。

「一隻は捨てたってわけか」コワルスキーはうなった。

「いざ脱出ってときはどうする？　もう一隻に全員が乗れるのか？」

「無理に決まってるだろ」マルカが言った。

「リリーのやることはわかっている。足手まといになる部下はみんな焼き殺す。そうやって、あいつはこれまで危機から逃れ、生き延びてきた。今回も、同じことをする」

「もう一隻のほうだけど」タクマが言った。

「あんなんで、まだ飛行できるのかい？」

「大丈夫よ」アドロサが答えた。

「ノズルは左右の舷にも複数あって、仮に沼地に不時着して船体が半分ほど泥にもぐっていても、船を上昇させられる。降りたときのままなら、ちゃんと飛べるわ」

　通信が入った。

「アドロサのあねごですかい？」

「ああ」

「ボスがお待ちかねです」

「わかった」

交信を切った。

「監視されてるんだね」

タクマが言った。

「サイボーグ化すると、どうしても体外に電磁波が漏れる」マルカが言った。

「いくら微弱でも、半径数キロくらいならキャッチできるから、誰が発しているかは一《いち》目瞭然《もくりょうぜん》だ。リリーは誰も信用しない。腹心の部下であっても。だから、その電磁波をいつもチェックしている」

「それで、わしらをスカウトしたというわけか」コワルスキーが言った。

「海賊は下っ端であっても、どこかしら改造している。そうだろ？　だが、わしもこの小僧も、からだは指一本いじっていない。潜入してやつらを引っ掻きまわすのには、うってつけの存在ってわけだ」

「ちょっとドジだけど、まあそんなところね」

アドロサは鼻先でふんと笑った。

ホバーカートが、さらに高度を下げた。地上を見あげている海賊たちがいる。ざっと見て、二、三十人といったところか。

「リリーがいないな」

タクマがぼそっと言った。

「戦闘艇の操縦室よ」アドロサが言った。

「確率九十二パーセントで」

「あいつはそういうやつさ」マルカが横から口をはさんだ。

「誰よりも人殺しが大好きなのに、死臭が漂う場所には長居しない。殺すだけ殺したら、さっさと消える。後始末は部下まかせ」

「そこはふつーだろ。ボスなんだから」

「部下の先頭に立って行動できない指揮官は、クズだ」

コワルスキーが言った。

「軍隊じゃねえんだよ、海賊は。しかし、てめえの言うとおりだ。リリーは恐怖でパイレーツを支配している。従っていればそれなりの益があるが、やばくなったら捨てられる。この組織には鉄の団結がない。入りこんで知った。本物のクソ野郎だね」

「だったら、おめえら、俺らたちが危機に陥っても見捨てるなよ」

「それとこれとは話が違う」

「なんだよー」

「そろそろ口を閉じるのね」アドロサが言った。

「捕虜は捕虜らしく振舞って。でないと、射殺することになる」

「……………」

着陸した。

海賊の集団が、ホバーカートを取り囲んだ。

3

「よお」

大男が、アドロサの正面に立った。身長は二メートルを優に超える。おそらく二メートル三十センチ前後だ。体重は、二百五十キロ余り。明らかに改造を施していて、肌の大部分が鈍い赤銅色に輝いている。

「獲物を引き渡すわ」アドロサがタクマとコワルスキーを視線で示した。

「例のガキと、あたしたちの仲間に変装してここにもぐりこもうとしていた地元民」

コワルスキーの正体を、アドロサは伏せた。

「引き渡すとは、どういうことだ？」

大男が訊いた。分隊長をまかされている下級幹部のひとり、鋼《はがね》のギースだ。軍の階級で言えば、軍曹に相当する。乱戦を得意としているが、知能戦が苦手で猪突猛進しかできないため、評価はさほど高くない。だから、村人の捜索部隊から外され、ここに残されたのだろう。

「あたしは、まだやることがある」アドロサは、くるりとギースに背を向けた。「逃げた地元民がいるの。そいつらをシュワルツたちが追っかけている。合流して根こそぎ捕獲してくるから、そのふたりはあんたたちにあげる。手柄をひとり占めしてもいいわよ」

「やけに気前がいいな」

ギースは探るような目で、アドロサの背中を見た。

「そのガキに、また振りまわされるのを恐れているのかしら？」

「馬鹿ぬかせ」ギースは鼻の穴を丸くふくらませた。

「あんときは不意を衝《つ》かれただけだ。おかげでたしかに不覚をとった。だが、もうあんなことは二度とない」

「だったら、いいわ。あんたなら、きちんと引き継いでくれる。そう思ってまかせる」

「わ、わかった」

ギースは大きくうなずいた。

そういうことか、とコワルスキーは思った。こいつは海賊の下っ端によくいる、腕っぷしと勢いだけでのしあがってきたやつだ。船内でタクマにさんざん翻弄され、海賊船はここに不時着という憂き目にあった。当然、そのときの失点を挽回したいとあせっている。それを利用できると見て、アドロサはわしとタクマをこいつに渡した。このあとは何が起きようと、アドロサに責任はない。すべてこいつがかぶることになる。

「ほいよ」マルカがコワルスキーとタクマの襟首をつかんで引きずり、ギースの眼前に突きだした。

「逃がすんじゃないぜ。こっから先は、あんたの責任だ。しっかりボスのもとに届けるんだぞ」

「ちっ」

ギースは舌打ちして、ふたりを受けとった。

「じゃあね」

アドロサとマルカが、その場から去った。ホバーカートへと戻った。

あとに残ったのは、ギースとかれの部下が四人、そして手錠をかけられたコワルスキーとタクマだ。

「ようやく会えたな」

ギースがタクマの前で身をかがめ、顔を覗きこんで言った。

「サインしてやってもいいぜ」

「そうかい」

腕を伸ばし、ギースはタクマの首を喉輪《のどわ》の形でつかんだ。

そのまま立ちあがる。

タクマのからだが宙づりになった。

「うあああああ」

タクマは悶絶《もんぜつ》した。全身をばたつかせ、足でギースの胸を激しく蹴った。が、ギースは意に介さない。

「！」

投げ捨てた。

タクマは背中から地面に叩きつけられた。

「ぐあっ」

大きく跳ねて反転し、今度は顔面から落ちた。

「やめろ」コワルスキーがタクマとギースのあいだに、割って入った。

「いま殺したら、ボスが怒るぞ」

「なんだ、てめえ」

ギースの表情がこわばった。

「ただの農夫だ」

「ざけやがって」

ギースが拳を突きだした。

コワルスキーはひるまなかった。迫る拳頭を睨みつけ、まばたきひとつしない。

「ちっ」

ギースが動作を止めた。

「どうした?」

コワルスキーが訊いた。

「ひったてろ」

コワルスキーと目を合わせたまま、ギースが言った。

「はっ」

ギースの背後にいた四人の部下が前にでた。

ふたりずつに分かれ、それぞれがコワルスキーとタクマの両脇をはさんだ。

ギースが歩きはじめる。そのあとに四人がつづく。コワルスキーとタクマはずるずると引きずられる。

「歩かせるのか」

タクマが文句を言った。

「ジャーキー」ギースが首をめぐらした。

「そのガキを逆立ちさせて、頭を地べたに叩きつけろ。あとは、そのままひっぱっていく」

「待てよ、おい！」

「生きたまま頭蓋骨を削られたくなかったら、自分の足で歩け。そっちのオヤジもそうだ」

「誰がオヤジだ」

「どうする？」

ギースがふたりを交互に見て、舌なめずりをした。

「歩きます」

声をそろえて、ふたりが答えた。

数機のホバーカートが置かれている駐機場とおぼしき一角に連れていかれた。行手に戦闘艇が見える。彼我《ひが》の距離は五百メートルほどか。戦闘艇は小型だと聞いていたが、予想以上のサイズである。八十メートル級の宇宙船とほぼ同じだ。水平型で、上部が甲板上に平たくなっている。これを二艇搭載していたということは、かれらの母船は五、六百メートル級の大型戦闘艦だったに違いない。地上降下できる、ぎりぎりのサイズだ。さすがは大海賊団のナンバー2というべきか。

「乗れ」

一機のホバーカートの前で止まった。周囲にレーザーライフルをかまえた海賊が数人いるものの、くる途中ではその姿をほとんど見なかった。どうやら、逃げた村人の捜索のため、海賊たちはほぼ出払っているらしい。

すべては、アドロサの読みどおりか。

と、コワルスキーは思った。

ならば、つぎにやることは……。

コワルスキーは、大きく息を吸いこんだ。

「コルドバーーーーっ！」

声を張りあげ、叫んだ。キーワードだ。「やりとりの中にでてきそうにない言葉を選べ」と、アドロサに言われた。だから、コワルスキーは自分の艦の名を登録させた。

叫んだ、つぎの瞬間。

大地が揺れ、轟音が耳をつんざいた。

爆発音だ。

連続する。つぎつぎと四方で爆風が噴きあがる。熱風が渦を巻く。火球が広がる。

「うおっ」

コワルスキーはうろたえた。

「おいおいおいおい」

横で、タクマもあせっている。この規模は想定外だ。

「なに？」

ギースとその部下たちは、棒立ちになった。目を剝き、驚愕している。

爆発がおさまらない。さらにつづく。

「派手すぎるぞ。先に言っとけ」

コワルスキーはぼやき、ホバーカートの陰に身を投じた。

そのまま地表を転がる。

タクマもきた。呆然としている海賊たちは誰も追ってこない。

指先に打ちこまれた針を圧迫し、コワルスキーとタクマは手錠を解除した。

ふたり同時にホバーカートのボディ下へと手を伸ばす。

あった。レイガンが貼りつけられていた。引きはがし、グリップを握った。

体をひるがえし、海賊たちに向き直る。

トリガーボタンを押した。タクマとともに、ビームを左右に放った。

海賊四人を光条が貫いた。ギースだけ、その攻撃をかわした。巨体に似合わず、動きが速い。

しかし、それはどうでもよかった。段取りはもう定まっている。

「行くぞっ」

タクマに声をかけ、コワルスキーはホバーカートに飛び乗った。タクマも、それにつづいた。

タクマが操縦レバーをつかんだ。コワルスキーがレイガンで援護だ。

ホバーカートが浮きあがった。

「てめえら！」

ギースが大型火器をかまえた。ヒートガンだろうか。銃口をコワルスキーに向けている。

「ギース！」

声が降ってきた。ギースの背後からだ。反射的にギースは首をめぐらした。

そこにべつのホバーカートがいる。アドロサが車体から身を乗りだしている。

「何があったの？」

ギースに訊いた。

「わからん！」

大男は答えた。

「捜索部隊の応援に行こうとしたら、村全体が爆発して、そこらじゅうが火の海になった。だから、引き返してきた」

「くっそお」

ギースはコワルスキーのホバーカートに視線を戻した。一瞬、目を離した隙にもう数十メートルほど上昇している。上昇して、戦闘艇へと向かっている。

「逃がさねえ」ギースはアドロサに向き直った。

「俺を乗せろ！　あいつらを追う」

「いいわよ。こっちにきて」

アドロサのホバーカートが降りてきた。ギースは駆け寄った。

鈍い音が弾けた。

ハンドブラスターの火球が、ギースの顔面を直撃した。

鋼のギースといえども、この近距離で頭を灼かれてはひとたまりもない。

ギースの巨体がどうと地に倒れた。

「馬鹿は、死ぬまで馬鹿だったわね」

冷たい笑みを口の端に浮かべ、アドロサがつぶやいた。

4

カリンは森の奥にいた。

半日近く歩いて、ここまできた。

この森に、地下トンネルへの入口がある。くるまでに、海賊のホバーカートを何機も見た。そのたびに身を隠し、やりすごした。この様子では、まだトンネル内に侵入してはいないようだ。

一本の巨木の前にでた。直径が二メートルはあろうかという巨大な老木だ。樹肌がつるつるで枝が細長い蔓状になって幹に巻きついている。

ガラバの聖木。

クルセイダーズは、この木をそう呼んでいる。樹齢は推定で千年以上。この森の主みたいな存在だ。

カリンは聖木に近寄り、その表面を軽く叩いた。

軽い音が響く。

音で、内部の状態がわかった。異常はない。

カリンは聖木の裏側にまわった。根もとを覗きこむように見た。

穴がある。人ひとりがぎりぎりで入れる程度の小さな穴だ。

トンネルの入口である。

穴の中には、仕掛けが施されている。うかつに入ると、仕掛けが動いて槍が下から突きだされ、侵入者のからだを垂直に貫く。狭い穴だ。逃げ場はない。

カリンはもちろん、仕掛けの解除法を知っていた。しかし、これは知っていても、命懸けの操作になる。手順を誤れば、間違いなく即死だ。

まずは慎重に穴の中へと右腕を突き入れる。指先で穴の壁を探り、凹凸を見る。あった。蓋の把手《とって》だ。引きあげて、ひらいた。

ピンと張られたロープがあった。それをゆっくりとたぐった。感触が重い。かまわず、たぐりつづける。

一瞬ひっかかった。そのあと、急に軽くなった。これで、ロックが外れた。

ロープから手を放し、腕を戻した。

大きく深呼吸する。

それから、カリンは穴の中へともぐりこんだ。頭からだ。穴は数メートルほどは垂直で、一気に滑り落ちた。だが、すぐに角度がつき、斜めになった。傾斜は四十度くらいか。滑り台としては、相当に急である。だが、気にしない。構造は熟知している。

傾斜がゆるんだ。

いきなり穴が広くなった。周囲に空間が生じた。滑落が止まる。中は真っ暗で、何も見えない。

からだを起こした。また壁を手で探った。あらたな蓋が見つかった。ひらくと、そこにもやはりロープがある。それを引きずりだした。これは、いま入ってきた穴をふさぐための仕掛けだ。ロープをたぐって引き抜いた。これで、入口は完全に閉ざされた。確認はできないが、ちゃんと動作したはずだ。

いま一度、壁を探る。

穴があった。人ひとりが通れる穴だ。

今度は足から入った。

垂直落下から滑り台へと移行した。長い滑降になった。

数分かかって、穴の底に到達した。穴の径が広くなり、水平になって止まった。

立ちあがる。周囲が明るくなっていた。まるで昼間とは言わないが、夕暮れくらいの視界は十分にある。

「文明なんて、要らないわ。こうやって工夫すれば、闇だって克服できるのよ」

自分に言い聞かせるようにカリンは独り言を発し、歩きはじめた。穴の直径は三メートルほどだ。まさしく、これはトンネル状に掘られた地下の通路である。

しばし歩いた。丁字路状に地下道が分かれていた。左方向を選べば、村に近づく。左に進んだ。換気がうまくおこなわれているらしく、息苦しいということはない。

体感的に四、五キロほど歩くと、横道が増えてきた。これは一種の迷路だ。うかつに入りこむと、とんでもないところに行ってしまう。そういう構造になっている。

横道のひとつを選んだ。また、しばらく歩いた。

「動くな！」

低い声がカリンの耳朶を打った。槍の穂先が、背後から首筋に突きつけられた。

「動かないわよ」

微笑を浮かべ、カリンは両手を挙げた。

「カリン！」

槍の持ち主が、カリンの眼前に飛びだした。背の低い、がっちりとした体格の中年男だ。スキンヘッドで、肌の色は濃い褐色。身に着けているのは、多くの村人たちがまとう生成《きな》りのぼてっとした貫頭衣だった。

「おまえ、無事だったのか？」

スキンヘッドは目を大きく剝いている。本気で驚いたらしい。

「アナン、あなたも無事だったのね」

「ああ」

アナンは小さくうなずいた。

「あたしは助けられたの」手を降ろし、カリンは言葉をつづけた。

「檻に入れていた捕虜の総領と、海賊の船に密航して、ここにやってきた子供のふたりに」

「よそ者の手を借りたのか？」

もうふたり、横からあらわれた。背の高い細身の男と、グレイヘアの女性だ。どちらも、槍を持っている。

「そのふたりは、どこにいる?」

アナンが訊いた。

「別れたわ。このトンネルの存在が海賊にばれて、別行動することにしたから。かれらは海賊と戦うため、村に向かった。あたしは、危険を知らせたくて、ここに入った」

「海賊が俺たちを追っているのか?」

「聖木の森のあたりにも、海賊がいっぱいいいた。悪魔の乗物でぶんぶん飛びまわり、入口を探している」

「異端のよそ者たち、あたしたちにかかわりたがるわね」

グレイヘアの女性が言った。名前はオロンゴだ。五十二歳で、村四区の地区長をつとめている。アナンは、彼女の息子だ。

「どういうこと?」

「あたしたちも、檻に入れていたよそ者に助けられたのよ」

「海賊どもの不意打ちを食らって、俺たちは村の端で右往左往していた」アナンが言った。

「そこへ、あのよそ者たちがやってきて、俺たちをひとつにまとめたんだ。そのあと、バシリス様が地下道に避難せよと指示されて、みながそれに従った。よそ者たちも、一緒だ」

「そんなことが……」

カリンは絶句した。まさかの出来事だ。総領であるロード・バシリスが、よそ者を受け入れる決断をするとは、微塵も思っていなかった。

「とにかく急ごう」

もうひとりの男が言った。この中でいちばん若いガーサラである。カリンと同い年だ。

「そうね」

オロンゴがあごを引いた。カリンがもたらした情報は重要だ。すぐに伝えなくてはいけない。

四人はひとかたまりになり、先へと進んだ。

「俺たちは、地下道の哨戒《しょうかい》と換気口の点検をしていたんだ」カリンの横に並び、ガーサラが言う。

「そしたら、怪しい気配を感じたんで横道にひそんでいた。カリンがくるとは、かけらも思っていなかったよ」

地下道が、さらに広くなった。

広いというよりも、むしろ広大な空間が出現したというべきである。

そこは地下の居住区だった。いわば、裏の村である。村人全員がひと月ほど暮らすことのできる施設がつくられ、食料や水も蓄えられている。武器庫となっていた岩屋の大型バージョンだ。

「カリン！」

声をかけられた。

見ると、すぐ右手に女性がひとり立っていた。

「おかあさん！」

カリンも、声をあげた。カリンの母親、サレディアである。

「生きていたのね」

「当然よ」

背後に、人影がわらわらとあらわれた。明るいとはいえ、それは真の闇と比較してのことだ。夜光樹の明かりだけでは、視界も限られている。

「バシリス様」

人影の先頭にいたのは、総領のバシリスだった。カリンを見たバシリスは、彼女を手招きした。

「一緒に行け」

アナンが言った。背中を軽く押した。

壁で部屋のようにしつらえられた区画があった。バシリスにつづき、カリンはその区画に入った。

木製のテーブルと椅子が置いてある。

バシリスとカリン、そして六人の男女がその椅子に腰を置いた。五人のうちの三人はバシリスの側近だが、あとのふたりはカリンの知らない顔である。当然だが、村人ではない。服装は、コワルスキーのそれとほぼ同じだ。

「リュミノとガストン」

バシリスが言った。

「異端者ですね」

「そうだ」

「わたしが説明しよう」

バシリスのとなりに腰かけた男が、口をひらいた。三人いるバシリスの最側近のひとり、ジャナルだ。

ジャナルは、これまでのいきさつをカリンに話して聞かせた。

5

コワルスキーにあとを託されたリュミノが、檻の近くに戻って、乗員たちを集めた。

海賊の奇襲による混乱はつづいていたが、そこは訓練された連合宇宙軍の軍人である。すぐに数十人がひとつにまとまった。

リュミノが率いる一隊は、「助けてくれ！」と叫ぶ声を頼りに闇の中を進み、村に至った。集まった〈コルドバ〉の乗員たちは百人以上に及んだ。途中で救出した四十人ほどの村人もその中に加わった。

村は燃えていた。ホバーカートに乗った海賊たちが暴れまわっている。

リュミノは、村人を誘導するよう命令を発した。戦闘はしない。最優先すべきは、この場からの逃亡よ。そう言った。

うろたえ、右往左往する村人を瞬時にまとめ、かれらを海賊たちの攻撃を避けられる場所へと乗員たちが導いていった。先頭に立ったのは、副長のガストンだ。

リュミノは炎の中で十人ほどがひとかたまりになって避難しようとしている村人の群れと遭遇した。その中心にいたのが、総領のバシリスだった。バシリスは艦の視察にきていたので、リュミノはその顔を知っていた。

リュミノに声をかけられたバシリスは、しばしとまどいの色を見せた。

異端の侵入者という点では、リュミノたちも海賊も同じである。クルセイダーズにしてみれば、排除すべき異物でしかない。その異物どもが救援の手を差し伸べてきた。受け入れれば、異端者を認めてしまったことになる。

しばし迷ったが、バシリスは決断した。

いまは意地を張っているときではない。人命を守るのが先決だ。村は燃えたが、人がいれば、また再建できる。かれらをむざむざ死なせてはいけない。それは総領のつとめに反する。

村人たちと〈コルドバ〉の乗員たちはひとつの大きな集団となり、畑へと向かった。地下道への入口がある村の外れの畑だ。

植えられた作物によって隠されている穴の蓋をあけ、地下道に入った。

「あとは、内部をあらためて整備し、しばしのあいだ居住できるようにした。この人数なら、二、三週間は籠城可能だろう」

ジャナルが言う。

「いま、ここにいるのは、わしを含めて千二百五十二名だ」

バシリスがつづけた。

「こちらは百六名です」リュミノも言った。

「双方ともに、行方不明者の生死確認はできていない」

「あたしは、コワルスキーに助けられた。そのあと、タクマが加わった。タクマは海賊たちと一緒にきたクラッシャーの少年だった」

カリンが、ここにくるまでの経緯を語った。

「ふたりは村に向かったのね？」

リュミノが訊いた。

「ええ」カリンはうなずいた。

「トンネルが発見されたという話を聞いて、急行したわ」

「攪乱工作をして、地下道の捜索を妨害しようと考えたのかしら」

「そうだと思う。戦ってみて、海賊の強さを思い知らされた。ここも必ず発見されるし、襲われたら、ひとたまりもない。だから、時間稼ぎをして、あたしたちが逃げられるようにする。そういう腹づもりみたいだった」

「むちゃくちゃね」リュミノは肩をすくめた。

「艦長と子供のふたりきりで陽動作戦なんて」

「でも、あのふたりなら……」

「状況は、理解した」バシリスが言った。

「時間を無駄にはできない。われわれはやるべきことをやる」

「やるべきこと？」

ガストンが、総領の顔を見た。

「沼に行く」

「！」

三人の側近の表情がこわばった。

「沼とは？」

リュミノが訊いた。

「わしは、おまえたちに虚偽の話をした」

バシリスが答えた。

「虚偽？」

「おまえたちの装備や武器だ。教義に則さないものはすべて不浄なものだから廃棄した。もはや、どこにも存在しない。そう言った。しかし、真実は違う。廃棄はしたが、失われていないものもある。あのふたつのコンテナだけは、わしらに破壊できる代物ではなかった。だから、そのまま沼の底に沈めた。回収はおそらく可能だ」

「コンテナボートがある！」

「ジャナル。ナンカラ。ブルーノ」

バシリスは三人の側近に向かって言った。ナンカラは高齢の女性だ。

「沈めたコンテナを沼から引きあげる。全員に伝えてほしい。すぐに移動し、作業を開始する」

「わかったわ」ナンカラが言った。

「その決断、あたくしは支持します」

カリンは目を丸くしていた。異端者の装備や武器が沼に投棄されたなどという話は、まったく聞いていない。この村の近くにある沼といえば、ひとつだけだ。山ひとつ向こうの窪地にあるザンガラ沼。あの巨大なコンテナをそこまで運んでいたとは、想像だにしていなかった。

「幹部だけで決めたのよ」カリンの様子を察し、ナンカラが言った。

「上の者たちだけが集まって運んだ。戒律どおりにできないときは、こうすることになっていたから。まさか、実際にそうしなければならない日がくるとはね」

「どうやって運んだの？」

「貨物が入っているコンテナはふたつあって、どちらもボートになっていた。だから川に浮かべ、三十頭のラヤマで牽引した。簡単じゃなかったけど、それほどたいへんというわけでもなかったわ」

ラヤマは大型の家畜だ。草食の四足獣で、体高は二メートル以上。山で切りだした丸太の運搬には欠かせない存在である。

右手を小さく振り、ナンカラがきびすを返した。ジャナル、ブルーノとともに、その場から離れた。

伝令を走らせ、地下道にいるもの全員に急ぎ荷物をまとめるよう告知を飛ばした。

人波が、いっせいに動きはじめた。

荷物を背負い、村人と〈コルドバ〉の乗員たちが列をなして地下道を進む。カリンが呆然としてしまうほどの素早い対応だった。

地下道に、ザンガラ沼へと向かう列ができた。枝分かれしたトンネルのひとつが、沼の近くまで至っている。出入口はないが、地上まで数メートルという浅いところまで掘られているトンネルもある。着いたら、そこを掘り直して外にでる。背負っている荷物の多くは、つるはしやシャベルなど、そのための道具だ。

「艦長と一緒だったのね」

カリンの横に、リュミノが並んだ。

「最初はとんでもない人だと思ったわ」

「わかるわ、それ」

リュミノが笑った。

「軍人って、みんなああなの？」

「艦長は特別よ。短気で、直情型で、ばかばかしいくらい正義にこだわって、上の命令を平気で無視する。海賊相手の戦功で大佐まで出世したけど、まかされるのは重巡止まり。あれだけの経歴なら、ふつうは戦艦の艦長になっているはず」

「あたしは運がよかった。いちばんあぶなかったときに、コワルスキーとタクマに会うことができて」

「タクマって子のことは知らないけど、艦長に関しては、最善か最悪か、そのどっちかね。前者になって、よかったわ」

一時間ほどで、列の先頭が目的地に着いた。

周囲がにわかに騒がしくなった。先頭グループが地上に向かって穴を掘り、土を袋に入れて後方に送ってくる。その土で、ここへと至る地下道に蓋をする。穴掘り要員は、随時交代だ。人海戦術で、一気に掘りぬく。

地下道に、光が差しこんだ。地上への出口がひらいた。

列が再び、大きく動きだす。千二百余人が、いっせいに外へと飛びだした。

間を置かず、つぎの作業に入る。

沼に行き、武器と装備が詰めこまれた二隻のコンテナボートを引きあげた。完全に力技だ。文明を拒否してきたクルセイダーズの本領発揮である。それは、システムを失いながらも〈コルドバ〉をこの星まで到達させた乗員たちの心にも通じるものがあり、かれらの士気も否応なく高まった。

引きあげてからの作業は、乗員たちだけの手でおこなった。コンテナボートの中身は、かれらにとって不浄なものだ。触らせるわけにはいかない。リュミノがそう判断し、ガストンとともに指揮をとって点検と整備をすませ、武器と装備をひとりひとりに配布した。完全武装の兵士が百六人、あっという間にできあがった。かれらを十人の小隊に分け、〈コルドバ〉副長のガストンが全軍を統括する。リュミノは自分を含め五人の部隊を構成し、クルセイダーズの屈強な若者を十人ほど率いて余った武器や装備を村まで運ぶ役を担うことになった。

「足が必要です。機動性のある乗物」

ガストンが言った。

それで、つぎにやることが決まった。海賊のホバーカートを強奪する。カリンがガストンと組むことにした。パートナーが異端者であるか否かは、もう彼女にとってはどうでもよかった。主義主張は違えど、協力することはできる。信頼し合うことはできる。

そのことを、彼女は知った。

ガストンは十小隊のうちの半数、五小隊を村民たちの護衛につけた。護衛部隊は村人たちをいったん山中深くに身をひそませ、海賊の捜索部隊の目から逃れさせる。一方、残りの五小隊はガストンが率い、カリンのガイドであらたな作戦を実行する。

ガストン隊が沼を離れた。

カリンが誘導し、森の中へと入った。さらに三隊と二隊に分かれる。より大胆に進む二隊を動かしているのは、カリンだ。身を隠す行動をとらない。逆に、目立つようにしている。

この森は、村人たちを捜索している海賊のホバーカートが通るコースだ。まだうろついているかどうかは不明だが、村人たちがひとりも発見されていない以上、その可能性は高い。

目論見は的中した。

ホバーカートがあらわれた。カリンがいる二隊の存在をセンサーで探知した。高度を下げ、森に近づいてきた。

そう。これは、コワルスキーがバランガの森で、タクマを使ってやった作戦だ。いま、タクマの役をつとめているのはカリンたちである。

ホバーカートの影が頭上をよぎった。

と同時に。

光条が疾った。

6

陽が地平線へと傾きはじめていた。この季節、昼が長いという話だった。おそらくあと数時間は陽光が周囲を満たしていることだろう。しかし、それが過ぎると、また暗い夜がめぐってくる。

ホバーカートは、戦闘艇の上空へと向かっていた。

コワルスキーが背後を振り返る。

追手はなかった。アドロサが、あの大男を始末した。

すべては打ち合わせどおりに進行している。

「あんたたちを海賊に引き渡す」

アドロサはそう言った。村に到着する直前のことだ。

引き渡しているあいだに、マルカとシュワルツがちょっとした工作をおこなう。そのあと、コワルスキーとタクマはホバーカートの駐機場に連れていかれるから、そこでやりとりの中にでてきそうにない言葉を一声、叫ぶ。

コワルスキーは「コルドバ」と叫んだ。海賊がこの艦名を口にすることは絶対にないはずだ。

叫ぶのと同時に大爆発が起きた。コワルスキーとタクマは駐機場にあるホバーカートに飛び乗った。

カート内には、ハードケースのバックパックが二個、置かれていた。中には武器が入っていた。カートを上昇させ、ふたりはそのバックパックを背負った。

「おそらく、騒ぎを聞きつけてリリーやあいつの親衛隊が戦闘艇からでてくる。攻撃も開始するはず。そいつをうまくかわし、あんたたちは戦闘艇を攻撃する。リリーがやばいと思うくらいやっていいわ。できるんなら、船内に侵入して戦闘艇を奪うってのもありね。戦闘艇を巻きこみたくないリリーは、フルパワーをだせなくなる」

アドロサは言った。

「とんでもない注文だな」

コワルスキーは苦笑した。

「やるのよ。そのための武器や爆弾はバックパックに詰めこんでおいた。あんたたちがやってくれるかどうかで、勝敗が決まる」

やれやれ。

コワルスキーは、あらためて正面を見据えた。

やるしかないか。

戦闘艇が目の前に迫っている。コワルスキーはバックパックからとりだしたハンドブラスターを両手で抱えた。

「リリーだ！」

タクマの声が響いた。

コワルスキーは、はっとなった。

直後。

光が視界を覆った。

反射的にてのひらで眼前を隠すほど強烈な光だ。

「すげー」

タクマが口をぽかんとあけた。

白から黄色、さらにはオレンジ色へと鮮やかなグラデーションを見せている放射状の光が周囲すべてを覆っている。

目がくらんだ。太陽がいきなりそこに出現した。そう思ってしまうほど、とんでもない光量だった。

光の中心には。

リリーがいる。アドロサの予想どおり、船外にでてきた。

「これが、ヨミの翼か」

呻くように、コワルスキーが言った。

アドロサから聞いていた。

リリーは超小型の反重力装置を内蔵していると。

「ありえない」

と、コワルスキーは応じた。反重力装置はエネルギーを大量消費する。それだけのエネルギーを供給する動力装置を人間の体内に備えるのは不可能だ。

「技術の進歩を侮るなよ」

そう言ったのは、タクマだった。

装置は改良により小型化され、内蔵は不可能ではなくなっていた。ただし、稼働時間にはシビアな制限がある。

「小型化された反重力装置は、反重力とともに、バカ食いしたエネルギーの一部を光と熱に変換して四方に放出する。それをリリーはおのれの武器に転用した」

「武器だと？」アドロサの言葉に、コワルスキーの目が丸くなった。

「そりゃ自殺行為だ。制御がほんの少しでも狂ったら、自分の肉体が丸焼けになる。んなもの、まともな頭を持っていたら、生身に組みこめるはずがない」

「まともじゃないのさ」タクマはあっさりと言い放った。

「前にも言った。海賊は太く短く生きることしか考えていねえ。それに生身と言ったけど、たぶん生身はほとんど残っていない。脳以外はみんな機械に置き換えてしまっているはずだ。そういう意味では、上級幹部だったアドロサもマルカも同じ」

「…………」

タクマの指摘を、アドロサは無言で受け流した。

まさしく化物だな。

コワルスキーはきらめく光の渦を、まっすぐに見つめた。

人間であることを捨て、自分の命すらも軽視して強さを求める。

光がほとばしった。

強力な熱線だ。超高温のプラズマ過流を伴っている。熱線は、リリーの全身から四方八方に飛んだ。何かを狙った攻撃ではない。ランダムに撒《ま》き散らしている。まるで熱線の暴風だ。たしかに、これを船内で発動することはできない。間違いなく、自殺行為になる。

コワルスキーの眼前が白く輝いた。

「かわせ！」

反射的にコワルスキーは叫んだ。

ホバーカートが反転した。

光条が車体をかすめた。

カートの底面が灼かれる。

弾き飛ばされた。勢いよくホバーカートがまわった。ぎりぎりで直撃を免れたため、炎上も爆発もしなかった。だが、かすめただけで、カートはコントロールを失った。

「くっ」

タクマが必死で姿勢制御レバーを操る。ここで飛ばされるわけにはいかない。なんとしても、戦闘艇に張りつく。

体勢を立て直した。カートが戦場に突っこんでいく。

「食らえ！」

バックパックから引きずりだしたハンドブラスターをコワルスキーが右手で握り、トリガーボタンを押した。

火球が飛ぶ。つぎつぎと飛ぶ。

船上で炸裂した。

炎が船の外鈑を灼いた。

破壊力はほどほどだが、見た目の効果は抜群だ。この程度の出力の小型火器で宇宙船の装甲を撃ち抜くことはできない。だが、リリーは危機感をおぼえる。この船を失ったら、ヌルガンからの脱出は不可能だ。仲間が救出にきても、この星の場合、向こうは衛星軌道上までしかたどりつけない。いや、それすらもむずかしい。連合宇宙軍の監視網をかいくぐって自分たちを回収してもらうとなると、こちらも衛星軌道まであがり、ワンチャンス狙いでドッキングをおこなうのが唯一の手段だ。そのために、リリーは戦闘艇を一隻、いつでも離陸できる状態で残した。その一隻は、何があろうと死守する。

熱線を四方に散らしながら、リリーがホバーカートへと向かってきた。出力が落ちた。ホバーカートは戦闘艇の甲板ぎりぎりをかすめて飛行する。さらにハンドブラスターによる攻撃もつづける。

あらたなホバーカートが出現した。地上から勢いよく上昇してきた。コワルスキーとタクマはともに首をめぐらし、瞳を凝らした。

乗っているのは。

シュワルツとマルカだ。シュワルツが操縦し、マルカは仁王立ちになっている。

その背後に、今度は人影があらわれた。

アドロサだった。飛行している。小型のハンドジェットを背負っているらしい。自力飛行ができる改造は施していない。

リリーがアドロサに気がついた。マルカとシュワルツが乗るホバーカートも、すでにマークしている。

マルカがレーザーガンをかまえた。戦闘艇の甲板に狙いを定めた。

標的は、コワルスキーとタクマだ。光条がふたりの足もとを灼いた。船体は傷つけない。しかし、人間は確実に屠《ほふ》る。そういう出力だ。

「うひゃあ」

タクマが逃げる。

「なんじゃあ！」

コワルスキーもうろたえた。これは打ち合わせと違う。

リリーが高度を下げた。副長が子飼いの部下を連れて村に戻ってきた。そして、状況を読みとり、リリーの援護を開始した。

ならば、もうこの不届き者は仕留めたも同然。

そう思い、リリーはアドロサに対し、背を向けた。

アドロサの肉体が変貌した。腹部が大きく左右にひらき、両腕の形状も変わった。

これは。

これまでひた隠しにしてきた攻撃形態だった。もちろん、リリーも知らない。この一瞬のために、ここまでの改造をおこなった。人間であることを捨てた。

ひらいた腹部から数万本に及ぶ電磁メスがほとばしりでた。

電磁メスが宙を舞い、アドロサの全身を覆うように広がる。

つぎの瞬間。

電撃が疾った。

7

電磁メスが強力なエネルギーを一気に放出した。

そのエネルギーが一筋の帯に収斂《しゅうれん》し、大気を切り裂いて直進する。

その先にいるのは。

リリーだ。

電撃がリリーの首を打った。

炸裂した。

リリーは無防備だった。腹心の部下を信じ、裏切ることなどまったく予測していなかった。

火花が散る。

「ぐあっ！」

リリーがのけぞった。背筋を反らして硬直し、苦悶の叫びを発した。

首は完全改造したサイボーグにとって急所のひとつになっている。すべての臓器、骨、筋肉などを人工物と置き換えても、脳だけはそのまま残すからだ。その脳は、頭部におさめられている。全身の司令塔である脳と肉体をつなぐ重要な器官。それが首だ。脳は金属製の頭蓋骨で守られている。だが、首に与えられた衝撃を百パーセント打ち消すことはできない。脳はあまりにも脆弱《ぜいじゃく》で、わずか数パーセントの衝撃であっても、それが伝わったら、それなりのダメージを蒙《こうむ》る。狙うのはただ一点、首の裏側、盆《ぼん》の窪《くぼ》と呼ばれる場所である。強烈な一撃がそこにヒットすれば、リリーといえどものけぞる。そのとき、脳は揺れる。揺れて、一時的に些細な機能障害を起こす。

当然だが、サイボーグ化した者は、その弱点をひとり残らず承知している。防御のための手もそれぞれに打っているし、警戒も怠らない。もちろん、リリーもそうだ。不意を衝くか、罠にはめるか、そういった手段を用いない限り、首に狙いをつけることすら不可能だろう。

その刹那を、アドロサは捉えた。

これほどの油断をリリーが見せたのは、はじめてだった。

予期せぬ惑星への不時着。連合宇宙軍襲来に備えての精神的緊張。さまざまな難題が山積みになっていた脱出準備。その中で、強力な火器を帯びた敵に奇襲を受けた。防衛線を破られ、戦闘艇を攻撃された。さしものリリーも、無意識に動揺した。そこにアドロサがやってきた。

かすかな安堵。それが、大きな隙となった。

アドロサが直進する。背負ったハンドジェットを全開にし、リリー目指して突き進む。

ホバーカートがその行手をかすめた。

マルカが飛んだ。

宙に身を躍らせ、アドロサの頭上へと向かう。

マルカの肉体も変形した。下半身が分裂し、触手状になった。触手の数は八本。腰から下が完全に分かれ、うねうねと蠢《うごめ》いている。

「なんだ、あれ?」

タクマは目を丸くしていた。予想外の展開である。アドロサはいざ知らず、マルカがここまで改造しているとは思っていなかった。

「どういうことだ？」

コワルスキーも唖然としている。自分たちふたりが一種のおとりとなって戦闘艇を攻撃し、リリーを引きつけた。そこへアドロサが奇襲をかけ、マルカとシュワルツが彼女の援護をする。そうなると思っていた。

だが、少し違った。作戦の全容を、アドロサは隠していた。コワルスキーたちには黙っていた。

マルカがアドロサの肩に乗った。

乗る？

八本の触手が、アドロサの上半身にからみついた。

アドロサの上に、マルカが立つ。いや、そうではない。

合体したのだ。

触手がアドロサの肉体に融合し、ふたりがひとりの戦士となった。アドロサが防御を、マルカが攻撃を担当する。対リリーのためだけにつくりあげた必勝形態である。

「そこまでやるのか」

「信じられん」

タクマもコワルスキーも、あまりにもおぞましい、その光景をただ見つめるしかない。

「ぼおっとするな！」

いきなり怒鳴られた。

タクマとコワルスキーの乗るホバーカートに、べつのホバーカートが並んだ。

シュワルツだ。マルカを離脱させて、戦闘艦の近くに戻ってきた。

「俺がサポートする」シュワルツはつづけた。

「おまえらは甲板に降りろ。降りて、船内にもぐりこめ！」

「まだ戦闘艇攻撃をつづけるのか？」

コワルスキーが訊いた。

「やれ。リリーはまだ倒していない。もう一押しの牽制が要る。俺も加わる」

シュワルツがハンドブラスターで戦闘艇を撃った。火球が甲板の中央部、やや艦尾寄りの場所で炸裂した。

「あそこだ！」シュワルツはさらに怒鳴る。

「あそこにエアロックのハッチがある。ぶち破って船内に入れ！」

「くっそーっ！」タクマが操縦レバーを倒した。

「簡単に言うんじゃねーよ！」

ホバーカートが一気に高度を下げた。

甲板に火球が灼いた痕《あと》ができた。目標は、そこだ。

タクマがむくれる理由がコワルスキーにはわかる。ハッチとはいえ、宇宙船のそれだ。

手持ちの火器ですぐに破壊できるほど、やわにはできていない。

「パックに爆弾が入っている。アドロサの言葉どおりだ。降りて、こいつを使おう」

円盤状の小型爆弾を手にして、コワルスキーが言った。バックパックには、これが十個入っていた。アドロサがこのときのために用意したのだ。それなりの威力が期待できる。

着艦した。すかさずコワルスキーが飛び降り、十個の爆弾すべてを、ハッチのまわりに手早く貼りつけた。宇宙船の構造は熟知している。どこを破壊すればどうなるかは、おおむね想像がつく。

離れた。ホバーカートの陰にもぐりこんだ。

爆発した。指向性の高い爆弾だ。爆破エネルギーはそのほとんどが甲板に向かって放出された。乾いた破裂音が響き、渦を巻くように、オレンジ色の炎があがった。

結果は？

コワルスキーとタクマが、ふたり並んで駆け寄った。

だめだ。爆発の痕跡ははっきりと残っているが、ハッチに変化はない。たしかに強力な爆弾だったが、戦闘用に建造された宇宙船の装甲を破るのは容易ではなかった。

ビームがきた。タクマの脇をかすめた。

「わっ」

タクマが甲板に転がった。

コワルスキーはハンドブラスターをかまえ直した。

リリーが攻撃してきた。そう思ったが、違った。甲板の端に人影が見えた。海賊たちだ。船内にいた戦闘員が、外にでてきた。

「ちっ」

タクマが舌打ちした。アドロサの不意打ちを受けたリリーが命じたのだろう。もしかしたら、自分のどこかに異常が生じたら、体内に埋めこまれた端末が、自動的にそういった信号を発するようにセットしていたのかもしれない。

戦闘員たちは甲板上にあるべつのハッチからでてきた。目の前のハッチからでてくれば、そいつらを倒して船内に入りこむ手もあったのだが、そういう都合のいいことは起きなかった。

「ざっと十人だ」コワルスキーが言った。

「ここで正面からやり合うってのは、ちょっと厳しいな」

「厳しいじゃねえ。最悪だよ」

タクマもレイガンをかまえた。左右の手に二挺。言葉とは裏腹に、やる気満々である。

風が吹きおりてきた。頭上がいきなり翳《かげ》った。

タクマとコワルスキーは、首をめぐらした。

ホバーカートがすぐそこまできていた。シュワルツが乗っている。

ふたりの横に降下した。

「無理だったか？」

身を乗りだし、訊く。爆弾のことだ。

「傷もつかねえ！」

タクマが怒鳴った。

「じゃあ、俺がやる」

カートからシュワルツが飛び降りた。

「敵が迫っているぞ」

コワルスキーが言った。

「援護してくれ」

「何する気だよ？」

タクマが問う。

「俺は人間端末だ」シュワルツが言った。

「攻撃型の改造はしていない。俺たちはアドロサをサポートするためだけにサイボーグ化した。体表面の強化だけはおこなっているが、武器の内蔵はしなかった。戦闘能力だけなら、そこらへんの下っ端程度だな。だから、ダックとオッセとヤーガンは、おまえらにやられた」

シュワルツがハッチに近づき、しゃがみこんだ。

「ハッチを外からあけるのには、ロックの解除キーが要る。リリーはそいつを誰にも教えていない。宇宙空間で戦闘員が非常事態に陥っても、勝手に船内に逃げこむなんてマネは許されねえってことだ。いつ裏切って敵を引き連れ、突入をかまされるかもわからんしな」

「小心者の海賊らしい話だ」

タクマが言った。

「俺がハッチをあける」シュワルツは言葉をつづけた。

「俺の体内に埋めこまれているのは、船に搭載されている管制コンピュータ並みの演算システムとストレージだ。力でだめなら技でこじあけてやる」

「なんだよー」タクマは唇を尖らせた。

「だったら、最初からやってくれよー。おまえら、隠し事だらけだ」

「アドロサとマルカのあれは、最後の切り札だ」シュワルツは頭上に向かってあごをしゃくった。

「だから、合体が終わるまで離れることができなかった。勘弁してくれ」

そして、ハッチに向き直った。

第五章　ヨミの翼

1

マルカと合体し、ふたりでひとりの戦士と化したアドロサが、リリーめがけて突進した。

復讐を誓い、アドロサは賞金稼ぎの人喰いアグワニとなって資金を稼いだ。仲間となってついてきたのは、マルカ、シュワルツ、ダック、オッセ、ヤーガンの五人だった。

かれらは、ジェントル・リリーが放つヨミの翼の威力を目《ま》のあたりにした。

生身で、あいつを倒すことはできない。

人喰いと陰口を叩かれるほど阿漕な手段を用い、ひたすら金を貯めた。

この金で、みずからをサイボーグ化する。

六人は固い絆で結ばれたチームだ。それぞれの役割に応じて、改造をおこなう。そう決めた。

リリーと直接、対峙するのはアドロサとマルカだ。もちろん、半端な改造ではリリーに勝てない。貯めた金の過半をアドロサとマルカのサイボーグ化につぎこむ。それでも、おそらくヨミの翼には歯が立たないだろう。エネルギー兵器相手なら、リリーは無敵だ。それを前提にした改造と作戦が必要になる。

シミュレートで結論がでた。五分に戦えるとしたら、不意を打ち、近接してからの肉弾戦のみだと。ふたりが合体する。ひとりがヨミの翼をはね返し、もうひとりが力でリリーを打ち砕く。それができれば、勝てないまでも相討ちまではもちこめる。

シュワルツ、ダック、オーセ、ヤーガンは人間端末となる改造を受けた。データ収集と内部撹乱のためだ。正体がばれないようにするため、かれらは必須だった。ただし、戦闘能力は低い。ゴーマン・パイレーツの規模と海賊稼業で生き残る確率を考えると、四人でも足りるか否かという判断になった。

全員が納得して、サイボーグ化手術を受けた。勝負の決め手は、チームとしての連係プレーである。

改造を終えた人喰いチームは、ゴーマン・パイレーツを追った。狙いは下部組織の海賊団だった。まずは、かれらを狩る。それによって、より格上の海賊団を引きずりだす。

ゴーマン・パイレーツを標的にしている賞金稼ぎがいるといううわさが広がった。

中級幹部の海賊団をつぶしたとき、リリーがきた。

戦闘をやめ、アドロサはリリーと接触した。

自分たちの腕はわかったはずだと告げた。しかし、もう賞金稼ぎには飽きた。この腕、ほしくないか？　そう売りこんだ。

もちろん、すぐには信用されなかった。条件をだされた。ゴーマン・パイレーツと対立しているべつの海賊団の幹部の首を獲ってこい。それを成し遂げたら、話を聞いてやる。

厳しい条件だった。だが、サイボーグ化を完了した人喰いチームにとっては不可能な課題ではなかった。むしろ、対リリー戦の予行演習になった。

銀河標準時間で二か月ほどかけて、海賊団のボスを殺害した。もちろん、賞金は受けとった。

リリーは、約束を守った。このチームは、自分の配下の誰よりも強い。そう判断した。

過去の経歴を隠すため、リーダーがアグワニからアドロサと名を変えて海賊の手下となった人喰いチームのつぎの目標は、リリーの信頼をもぎとることであった。これはもうひたすら実績を積むしかない。リリーのために命を張って働き、莫大な富をもたらす。

覚悟はすでにできていた。海賊になるということは、罪なき人を殺すということだ。

自分たちがやられたことを他人に対しておこなうということだ。許されることではない。

いかなる大義名分があろうとも。しかし、アドロサは決断した。それを承知で、この策を立てた。その罪は、最後に自身の命で贖《あがな》う。誰にいつ殺されようが、恨みは抱かない。それは悪に手を染めたものに与えられる当然の報いだ。

情け容赦ない殺戮をアドロサは繰り返した。他の海賊団との抗争でも、多くの手柄をあげた。何度もリリーの窮地を救い、連合宇宙軍相手に奮戦して完全に包囲された海賊団を逃亡させるという離れ業を演じたこともあった。

三年後。アドロサはリリーの副長になった。異例の出世だった。

「まさかと言いますか、やはりと言うべきでしょうか」

薄く笑いを浮かべ、リリーはアドロサ＝マルカを見た。こんなときでも、この男はあくまでもジェントルだ。そのスタイルは崩さない。

「…………」

アドロサ＝マルカは、無言でリリーを睨み返した。

「そんな醜い形態になってまでわたしを討とうという執念。感心しました。最初からこれが狙いで仲間に加わったのですね」

「…………」

「いいでしょう。存分に相手をしてさしあげます」

閃光が弾けた。

リリーの言葉が終わった直後だった。

目もくらむフレアーが幾条も蒼空を背景に躍った。

いつの間にか、リリーは戦闘艇から遠く離れていた。アドロサがマルカと合体をはじめたときに移動を開始した。

副長が裏切り、自分に牙を剝いた。それも、入念に準備をして。

ならば、本気で相手をするしかない。アドロサの力はわかっている。パワーをセーブしていたら、リリーといえども無傷ではすまない。出力全開で戦う。しかし、それをおこなえば、戦闘艇が巻き添えになる。確実に破壊することになる。戦闘艇の温存を考えるリリーは首筋に一撃を受け、状況を把握した直後に判断を下した。

甲板に手勢を集め、自分はこの場からいったん離脱する。そして、アドロサ＝マルカを瞬時に屠る。

村から数キロほど距離を置いた。

アドロサ＝マルカが追ってきた。速度はたいしたことないものの、飛行機能を備えている。それも、リリーは知らなかった。

よくぞ隠し通してきた。

その意気に免じ、リリーは一気に力を解放した。

それが閃光になった。

プラズマ過流が蒼空を覆う。電撃が四方八方に散り、大気を灼く。山を打ち砕く。地表が剝がれ、巨岩が宙を舞う。

旋風が生じた。風は炎を巻きこみ、竜巻となって、大地を破壊していく。

その中をアドロサ＝マルカは、リリーめがけてまっすぐに突き進んだ。

アドロサが操る無数の電磁メスは強大な磁界を形成する。その磁界はリリーのプラズマ過流を無力化し、炎も高熱も寄せつけない。

ヨミの翼を研究しつくし、彼女はこの改造に行きついた。

互角、もしくはそれ以上にリリーと戦えるのは接近戦のみである。ヨミの翼をかいくぐって懐に飛びこみ、力でリリーの肉体を粉砕する。勝負を決めるのは、エネルギー兵器ではない。原始的な殴り合いだ。

その結論が、アドロサとマルカの合体につながった。アドロサの電磁メスがヨミの翼を制す。マルカの拳がリリーを屠る。

アドロサ＝マルカが、リリーに密着した。間合いはほぼゼロ。

マルカがリリーの顔面に右ストレートを叩きこんだ。全身全霊をこめた、渾身の一撃だった。

リリーが吹き飛んだ。すさまじい勢いでまっすぐに飛び、地上に落ちた。

轟音が鳴り響いた。大地が、爆発的にえぐられる。土砂が高く舞い、砕かれた岩と樹木が四散した。

　クレーターが生じる。直径数百メートルの巨大なクレーターだ。

　クレーターの中央、底近くにリリーが浮かんでいた。高度は二、三メートルほどだ。

殴られた衝撃と叩きつけられた衝撃のすべてを、リリーは全身から発したプラズマ過流のエネルギーで流した。そのパワーが、地表を深く穿《うが》ち、クレーターを生じさせた。

「なるほど」低い声で、リリーはつぶやいた。

「なかなかに工夫しましたね。わたしとしたことが、油断しました。しかし、ここまでです。一発で仕留められなかったのが、あなたたちの大きなミスですね。手の内はわかりました。もうわたしが後れをとることはありません」

　リリーを包む虹色の光が、その光度を増した。

すうっと加速し、上昇する。

その真正面には、アドロサ＝マルカがいる。

アドロサ＝マルカは、リリーを倒せなかったことを知った。知るのと同時に、いま一度動いた。

　リリーに向かってまっすぐ進み、あらためて間合いを詰める。

　リリーが迫る。

アドロサ＝マルカも迫る。

どちらもかわす気は毫《ごう》もない。真っ向勝負の肉弾戦だ。アドロサ＝マルカの挑戦を、リリーが受けて立つ。

彼我の距離がほぼゼロになった。

マルカが拳を固めた。

リリーも拳を握った。

ともにかまえ、腕を後方に引く。

殴った。

ふたり同時だ。

パンチが炸裂した。

2

両者のあごを拳が鋭くえぐった。

「ぐわっ！」

「がっ！」

短く呻き、ふたりは耐えた。耐えて、つぎの拳を繰りだした。

激しい殴り合いになった。

YAS.

どちらも一歩も引かない。ただただ相手を殴る。そして、相手に殴られる。そのたびに全身から力がほとばしり、それがさまざまな色彩の光となって放射状に散り、広がる。

鈍い音が響いた。

何度も何度も響く。大気が震えた。地表が衝撃波で波打った。

いつ終わるとも知れぬ死闘がえんえんとつづく。

「ありゃ怪獣同士の喧嘩だ」

コワルスキーが言った。

「俺ら、いまとんでもないものを見ているような気がする」

タクマは目が点状態だ。

「あいたぞ」

シュワルツが言った。

コワルスキーは背後を振り返った。ハッチのカバーがひらき、丸い口をあけている。

「入れ！」

コワルスキーがタクマに声をかけた。

「あ……おう！」

リリーとアドロサ＝マルカのすさまじい闘いを凝視していたタクマが我に返り、体をひるがえした。

　ハッチの直径は二メートル弱。非常用の小型ハッチだ。そこにタクマが足から飛びこんだ。

「暴れろ！　とにかく中でひたすら暴れろ！」

　コワルスキーが叫んだ。

　その直後。ハッチが閉まった。

「ちいっ」シュワルツが舌打ちした。

「システムに感知された。接続を切られた」

「やり直せ」

　光がきらめいた。

　ビームが疾る。

　シュワルツの額をかすめた。

「うあっ」

　シュワルツがひっくり返った。

　レイガンの光条だ。それも一条や二条ではない。十数条が疾った。

「くっ」

　ハンドブラスターを突きだし、コワルスキーが身構える。

　まわりを見た。囲まれている。海賊どもだ。十人以上いる。

シュワルツの腕をつかみ、コワルスキーは身を転じた。甲板に凸部があった。その陰に身を伏せ、飛びくるビームをかわした。

「すまん」

シュワルツが言った。

「アドロサとマルカが、ふたりがかりでリリーを殴り倒すんじゃなかったのか?」

「ああ。リリーがむりやり自分の体内に組みこんだ反重力装置は、物理的衝撃に弱い。だから、通常は打撃など絶対に受けない。だが、アドロサとマルカの複合攻撃はその間隙を衝いた。リリー、唯一の弱点を狙った」

「ならば」

「その攻防が、ずうっとつづいているのさ」シュワルツはコワルスキーの言葉をさえぎった。

「残念だが、リリーはリリーだった。これだけ策をめぐらしても、簡単には倒せない。それほどにやつは強かった。倒すには、もっとあいつを動揺させる必要がある。そのためにも、俺たちがこの船を乗っとらなきゃだめなんだ」

「いまタクマがもぐりこんだぞ」

「あのガキひとりじゃ、いくら暴れても攪乱は無理だ」

「だったら、もう一度ハッチをあけろ」

を探そう」

「こいつは破れなくなった。内側からロックされ、俺の細工が通じない。ほかのハッチ

だしぬけに太い電子音が響いた。

ふたりの背後からだった。

耳をつんざく甲高い音。ブラスターの発射音だ。

海賊が数人、吹き飛ばされた。火球に灼かれ、甲板に転がった。

コワルスキーとシュワルツは、あわててうしろを振り返った。

黒い影が、そこに立っていた。十メートルほど先だ。

シルエットを一瞥して、コワルスキーはその正体を知った。

作業用のパワードスーツだ。〈コルドバ〉に十体ほど搭載されていた。そのうちの二体が地上へと射出されたコンテナボートに入っていた。ボディが黄色と黒に塗り分けられている。通称はイエロースーツ。攻撃能力はほとんどなく、力仕事に特化して設計がなされている。

イエロースーツの腹部に設けられたキャノピーが、跳ねあがるようにひらいた。

搭乗者が見えた。

ガストンだ。

ガストン？　なぜここに？

コワルスキーの脳内が、クエスチョンマークで埋まった。何がどうなっているのか、さっぱりわからない。

「艦長、これをお使いください」

ガストンがビームライフルを手にして、操縦席から甲板上へと降りた。これとは、イエロースーツのことらしい。

「どういうことだ？」

しばし絶句していたコワルスキーが、ようやく問いを発した。

「説明はあとでです。装備は廃棄されていなかった。コンテナボートごと、無傷で沼に沈められていました。それを回収したんです」

「イエロースーツをここまで運んだのか？」

「川です。水路を利用して」

「おまえひとりで？」

「あとのものは下で戦闘中です。海賊と戦っています。自分も、すぐに戻ります」

ガストンは操縦席からハンドジェットを引きずりだし、それを背負った。

「いいのか、これをわしに渡しても」

「それは、いまこそ艦長に必要です」

言いながら、ガストンはビームライフルを発射した。迫りくる海賊たちを撃ち倒した。

「わかった」コワルスキーが言った。

「借りるぞ！」

イエロースーツに飛び乗った。

「こっちにこい！」操縦席にもぐりこみ、シュワルツに向かって怒鳴った。

「こいつの背中につかまれ」

コワルスキーは前方に目をやった。

あらたな海賊が、わらわらと出現した。右手、船首のほうだ。かなりの人数である。

それがいっせいに外へとでてきた。

あそこにもハッチがある。

コワルスキーは直感した。

あちらは、ロックされていない。奇襲すれば、簡単に破ることができる。

「行くぞ、シュワルツ。必死でしがみつけ」

キャノピーを閉じた。

同時に、ガストンが船上から離れた。ハンドジェットで垂直に飛びあがり、コワルスキーの視界から消えた。

操縦席のコンソールに穴がふたつあいている。その穴にコワルスキーは両手を突っこんだ。二の腕あたりまで入れるとレバーがある。それを握った。穴が収縮し、腕に密着する。これで操作の下準備が完了した。あとはセンサーがコワルスキーの体内から筋電流を受けとり、それに応じて内蔵されたAIが四肢を動かす。操縦者はなんら意識することなく、思うがままにイエロースーツを操れる。

発進させた。

一気に加速する。

瞬時に戦闘宇宙艇の先端近くまで到達した。作業用とはいえ、ベースは戦闘用のそれである。動きは俊敏で、コワルスキーの意志に素早く反応する。

あらたなハッチがあった。そのまわりに海賊たちもいる。

イエロースーツには、武器が装着されていた。ハンドブラスターだ。艦船に搭載する大口径ブラスターと区別するため〝ハンド〟と名づけられているが、これはコワルスキーが持っているような携帯武器ではない。まったくの別物だ。本来は戦闘用車両に装着するもので、中口径ブラスターと呼んでいい代物である。それを特殊工具をつけるためのアタッチメントを利用して、両腕の前腕に組みこんだ。ここまで運ぶあいだに器用な乗員が加工したのだろう。照準も合わせられるし、連射も可能だ。

ハンドブラスターを四方に向け、コワルスキーは撃ちまくった。

数秒で海賊たちを蹴散らした。すさまじい威力である。へたすると、この船の装甲をえぐりかねない。実際、そこらじゅうで甲板の表面が灼け、黒く変色している。

シュワルツがイエロースーツの背中から飛び降りて、ハッチにとりついた。

ハッチがひらいた。

先ほどのよりは少し大型のハッチだ。しかし、イエロースーツがそこをくぐるのは無理だ。

イエロースーツを捨てるか、あるいは……。

コワルスキーは即断した。

「タクマを追ってくれ」シュワルツに向かい、言った。

「わしは、ここに残る。可能なら、アドロサとマルカを援護する」

「やばいぞ、それは」

シュワルツは首をめぐらし、イエロースーツに視線を向けた。

「きさまに頼みたいことがある。そいつをタクマと一緒にやるんだ」

コワルスキーは早口で指示を発した。シュワルツは、それを理解した。

「わかった」

大きくうなずき、ハッチをくぐってシュワルツは船内へと飛びこんだ。ハッチが内側からロックされた。今度はシュワルツがやった。これでもう外にでた海賊たちは、ここから船の中に戻ることはできない。

「さてと」

コワルスキーはリリーとアドロサ＝マルカとの肉弾戦に、向き直った。

闘いは、まだつづいている。

現代戦とはほど遠い、ただの殴り合いだ。互角に見えるが、それはおそらくいまだけだろう。あの原野で、いっさいの援護なくあのまま闘っていたら、アドロサ＝マルカはいずれリリーの力に圧倒される。そもそもは、リリーの虚を衝くことで勝機を見出すという単純な作戦だった。だが、すでにその段階は過ぎた。リリーはもう隙をつくらない。

このまま、まわりのものが何もしなければ。

「何かしてやるぞ。わしとタクマとシュワルツが」

低い声で、コワルスキーはつぶやいた。

3

無数のビームがそこらじゅうを飛び交っている。

タクマは、通路の隅で身をひそめていた。

ハッチをくぐって船内に飛びこみ、タクマはすぐに操縦室を目指した。何をどうするかはまったく決めていなかったが、とにかく船の制御を奪えばなんとかなるだろうと考えた。奪えなかったら、破壊してもいい。ただし、そうなったことをなんとかしてリリーに見せつけてやらないといけない。タクマに託された最大の使命は、あいつをうろたえさせることなのだから。

あっという間に発見された。

通路をうろうろしていたときだ。

いきなり集中砲火を浴びた。

一瞬、あせった。クラッシュジャケットの肩口をビームがかすめた。

しかし、ビームは弾かれるように散った。ジャケットの表面で小さな火花があがった。

タクマにダメージはない。

撃ってきたのは、海賊たちだ。武器は小型のレイガンで、出力をかなり絞っている。船に損傷を与えたくないのだ。生身でビームの直撃を受けたら致命傷になるかもしれないが、防弾耐熱のクラッシュジャケットを着ている限り、灼かれることはない。

タクマは二挺レイガンをかまえた。

出力は最大にセットしたままだ。

船がどうなろうと、タクマが気にする必要はない。

トリガーボタンを押した。

反撃開始だ。

撃ちまくる。

海賊は通路の先にいた。四、五人といったところか。壁の窪みに隠れていて、見えるのは腕と顔半分くらいである。対するタクマは、通路の真ん中に仁王立ちだ。向こうが低出力でしか攻撃できないのなら、これでかまわない。首から上を撃たれないようにしていれば、それですむ。

間断なく撃ちながら、タクマはじりじりと前進した。

ふたり、倒した。攻撃力は、タクマが圧倒している。しかし、じれったい。

海賊の数が増えた。増援がきたらしい。ならば、こいつで対抗だ。

タクマは右手のレイガンをホルスターに戻し、その手でクラッシュジャケットの胸に貼りつけられている飾りボタンをいくつかむしりとった。

三つ数えて、それを投げる。海賊たちがひそむ、その足もとめがけて叩きつけた。

鈍い音が響き、オレンジ色の炎があがった。壁が発火して、燃えあがった。

アートフラッシュだ。

強酸化触媒ポリマー。はがしてから裏側を押して投げると、炎が噴出して、金属だろうが樹脂だろうが、あらゆるものを焼き尽くす。

消火剤が噴出した。天井から、乳白色のシャワーがほとばしる。

視界が真っ白になった。炎と消火剤と煙で、何も見えない。

タクマは床を蹴った。ダッシュし、一気に前進した。熱気が頬をなぶった。アートフラッシュの炎は、まだ鎮まっていない。海賊たちが悲鳴を発している。その声が耳に届く。

　操縦室がどこにあるのか、タクマは知らない。しかし水平型の宇宙艇なら、船の前方にあるのは間違いない。とにかく前に進む。ひたすら船首を目指す。あとは、たぶんなんとかなる。

　またビームが飛んできた。新手だ。炎と白煙の障壁をくぐり抜けたとたんにあらわれた。

　今度は距離が近かった。通路の壁を光条が灼く。低出力でも、侮れない。

「ちいっ」

　タクマは足を止め、逃げ場を探した。右手に行く通路があった。そっちに向かおうとするが、だめだ。海賊がきている。

「くっそぉー」

　背後から足音が聞こえた。どうやら、さっきアートフラッシュで蹴散らした連中の残党も追いついてきたらしい。

　囲まれた。予想以上に海賊の数が多い。まさか、こんなにいるとは思っていなかった。どうしてくれるか。またアートフラッシュを投じるか。あるいは……。

　しばし迷う。迷うあいだにも、海賊が迫ってくる。

「うあっ！」

「がっ！」

悲鳴があがった。右手の通路からだ。首をめぐらし、タクマはそちらに目をやった。

「こっちだ。こっちにこい！」

誰かが叫んだ。

この声は？

シュワルツ！

「急げ！」

通路の奥で、手を振っている。

あわてて動いた。通路に飛びこみ、走った。

直後に、轟音が響いた。タクマのうしろで隔壁が閉まる。

シュワルツがシステムに介入した。船の管理の一部を乗っ取った。

「操縦室に行くぞ」

横に並んだタクマに、シュワルツが言った。ハンドブラスターを持っている。

「そのつもりだったよ」タクマが言った。

「でも、行き方がわからなかった」

「ついてこい。敵の現在位置は、すべて把握している。出会いそうになったら、隔壁を降ろして排除する。ついでに偽情報も流して、追跡できないようにしてやる」

「すげーや」

「操縦室で、メインシステムをまるごとハッキングする」

「何する気だ？」

「コワルスキーに頼まれた」

「コワルスキー！」そこではじめて、タクマはシュワルツがひとりなのに気がついた。

「あいつ、どうしたんだ？」

「外に残った」

シュワルツはいきさつをかいつまんで語った。

「旧式の作業用スーツで何ができるというんだよ」

「わからん」シュワルツは小さくかぶりを振った。

「だが、それはどうでもいい。俺たちは俺たちのできることをやる」

「そうだな」タクマは大きくうなずいた。

「だったら、行こうぜ」

前進した。

シュワルツの能力は、想像以上だった。

そもそも、シュワルツはこれをするために自身の肉体を改造し、仲間とともにゴーマン・パイレーツにもぐりこんだのだ。データを盗み、情報を集め、四人がかりで海賊団のすべてを丸裸にした。

タクマとシュワルツは、通路を駆け抜けた。

海賊たちとは、いっさい遭遇しない。シュワルツがやったのだろう。ときどき隔壁の閉じる音が鈍く響く。

操縦室に到達した。

シュワルツがドアをあけ、タクマが二挺レイガンをかまえて、突入した。

三人いた。撃ち倒した。海賊側に対して、タクマとシュワルツの情報が完全に遮断されていた。なので、まさかこんなに早く、ここにやってくるとは思っていなかった。その油断をタクマとシュワルツは衝いた。

「この船、飛ばすぞ」

シュワルツが言った。言って、操縦席に着いた。

「マジかよ」

タクマもシュワルツの右どなりの席に入った。

「コワルスキーに頼まれたと言っただろう。こいつの火器で、リリーを砲撃する」

「すげーや」

シュワルツは戦闘艇の操船システムを起動させた。強力なロックがかかっていたが、ここまできたシュワルツにしてみれば、ノーガード状態も同然である。鼻歌まじりでシステムにもぐりこみ、ロックを破った。

「動力五十パーセント。上昇開始」

正面のスクリーンにつぎつぎと映像が浮かんだ。タクマが矢継ぎ早にキーを叩く。機関士は、タクマの本業だ。見習いのアシスタントレベルだが、それでもひととおりの技術は身につけた。大型戦闘艦はいざ知らず、この程度の戦闘艇なら完璧にコントロールできる。

震えるように船が揺れた。小刻みな振動が、シートを突きあげた。

下向きのGをタクマは感じた。

浮いた。離着床の体をなしていない荒れ地にむりやり着陸した船だ。ノズルや船体が損傷していて当然だったが、そうなっていなかった。これは、ほとんど奇跡と言っていい。

「よっしゃあ！」

コンソールのレバーを二本、タクマは起こした。先端に砲撃用のトリガーボタンがついている。

両の手で、ぐいと握った。

スクリーンの映像が照準モードのそれに変わった。

狙うのは、もちろんリリーだ。

戦闘艇が浮上した。

高度をあげた。

百メートルでホバリングに入った。

「！」

そのことにリリーが気がついた。

おかしい。戦闘艇が発進した。

船内で何かが起きた。

そんな命令をリリーは下していない。非常事態に陥ったなどの報告も届いていない。

あいつらか。

甲板でちょろちょろしていたやつがいた。クラッシャーの小僧と、下っ端海賊の汚いジャケットを着ていた男だ。あいつはおそらく軍人だ。油断していい手合いではない。

船を乗っ取られた可能性は十分にある。

このままにはしておけない。

決断した。

リリーはアドロサ＝マルカに背を向けた。

まず船だ。戦闘艇を奪還しない限り、この星からは脱出できない。アドロサのような雑魚は、あとまわしでいい。

4

戦闘艇は海に向かっていた。村から離れようとしている。
どこかに隠す気か？　それとも、墜落させ、海底に沈める気か？
いずれにしても。
「そうは、させません」
リリーは戦闘艇へと戻った。
電撃を全身から散らしながら、リリーはまっすぐに船腹へと突っこむ。
轟音が響いた。
戦闘艇の搭載砲が衝撃波とともに数条のビームを発した。
ハンドブラスターなど比較にもならない高エネルギー兵器だ。
リリーを狙った集中艦砲射撃。
リリーは砲火を真正面から浴びた。
加速が鈍った。体をひねり、リリーはビームをかわそうとする。
首筋があらわになった。

「撃て！　あの首を狙ってひたすら撃ちまくれ！」

戦闘艇の操縦室では、タクマに向かい、シュワルツが大声で叫んでいた。首筋がリリーの弱点であることは、シュワルツも承知している。だから、アドロサは、そこを攻撃した。今度はこっちの番だ。その思いが、声になった。あそこに命中させられれば、この程度の砲撃でも、なんらかのダメージを与えられる。援護の役割を担うことができる。

「行っけーーーっ！」

タクマがトリガーボタンを思いきり絞った。

光条が疾った。リリーの首筋を直撃した。

光が弾ける。リリーが噴出させていたプラズマ流が不規則に乱れ、さまざまな色彩の光が四方に広がった。

「でえええいっ！」

裂帛《れっぱく》の気合いを発し、アドロサ＝マルカがリリーの懐に飛びこんだ。

間合いゼロ。

マルカの拳が、リリーの顔面を捉えた。

渾身の力をこめ、打った。

リリーがわずかに首を振る。

打撃が流れた。

リリーの頬の上で拳が滑った。

かわされた。この状況で。

「はあっ！」

リリーの背中で、ヨミの翼がさらに大きく広がった。

空気が轟《ごう》とうなる。光が炸裂し、視界を白く染める。

全開放した。

リリーが、おのれの持てる力をすべて。

「ぐあっ！」

アドロサ＝マルカが飛んだ。

いや、吹き飛ばされた。

高圧のエネルギーをカウンターで食らった。

マッハの速度で見えない壁に激突した。そんな衝撃を浴びた。

マルカは両手を眼前で交差し、その衝撃を散らそうとした。だが、だめだった。

後方へとまっすぐに飛んだ。数千メートル、一気に飛んだ。

背後に山があった。切り立った崖に囲まれた岩山だった。その山腹にアドロサ＝マルカは激突した。

すさまじい爆発音が轟いた。

岩塊に巨大なクレーターが生じた。岩が裂け、砕け、崩壊する。

クレーターの中心にアドロサ＝マルカが埋まった。姿が完全に見えなくなり、瓦礫《がれき》が山の麓へとなだれ落ちた。

「うわわわっ！」

悲鳴は、コワルスキーもあげていた。

全開のプラズマ流は、戦闘艇をも直撃していた。これを恐れて力を絞っていたリリーだったが、アドロサ＝マルカにここまで肉薄されては、抑制しきれなかった。

熱線が甲板を疾った。

距離は十分にとられていた。これだけ離れていれば、万が一フルパワーを放っても戦闘艇に損傷を与えるまでには至らないとリリーは踏んでいた。

だが、計算違いがひとつあった。

イエロースーツのハンドブラスターだ。少し前にコワルスキーが撃ちまくり、甲板のそこかしこが黒く灼かれていた。そこが劣化し、本来の強度を保てなくなっていた。

その変色部分をプラズマ流が舐めた。

甲板で火花が散った。破裂するように外鈑が割れ、めくれあがって穴があいた。

衝撃に弾かれ、イエロースーツのコワルスキーが甲板でひっくり返った。

ごろごろと転がり、船上から落ちそうになった。

戦闘艇が上昇しはじめたとき、コワルスキーは快哉《かいさい》を叫んだ。さらに艦砲射撃が開始され、勝ったと思った。これで、リリーは必ず大きな隙を見せる。見せたら最後だ。アドロサが捨て身の攻撃を仕掛け、全力でリリーを打ちのめす。そう予想した。

大外れだった。

コワルスキーたちの援護は、まったく援護になっていなかった。

ジェントル・リリー、強すぎる。

戦闘艇が傾いた。船体に亀裂が広がった。

コワルスキーは、甲板の一角にいた。転がった末、何かの装置のカバーとおぼしきでっぱりにつかまり、そこにぶらさがった。船の傾きが少し是正された。シュワルツが対処したのだろう。船体は傷ついたが、まだなんとかコントロールできている。

光が乱舞した。さまざまな光の筋が、イエロースーツの真上でうねるように波打った。

この光は。

ヨミの翼だ。

アドロサ＝マルカを岩山に叩きつけ、リリーはひとまず裏切者を退けた。つぎは船の奪還である。

体をひるがえし、リリーは戦闘艇へと戻った。

甲板にいびつな形状の開口部が生じていた。リリー自身があけた穴だ。むろん、そのことをリリーは知らない。知らないが、察しはついた。その穴にリリーは飛びこんだ。船内へと進んだ。この船を失ったら、ここからの脱出は不可能になる。もたもたしている余裕はすでにない。すでに事態を把握した連合宇宙軍がこちらに向かっているはずだ。偽装してクルセイダーズにまぎれこむ作戦は、完全に失敗した。残る打つ手はただひとつ。脱出しかない。

「そうはさせん」

コワルスキーが動いた。

アドロサ＝マルカがやられた。安否はまだ不明だが、無傷ですんでいるとは思えない。

役割が変わった。リリーを仕留めるのは、自分たちだ。コワルスキーとタクマとシュワルツでリリーを倒す。倒せないまでも、時間を稼ぐ。船内に入りこんでしまってヨミの翼を使えなくなったリリーなら、この程度の装備でもなんとかなる。ならなくても、なんとかする。

イエロースーツのまま、コワルスキーはリリーを追って、穴に入った。

飛び降り、床に立つ。通路だ。イエロースーツが通れるギリギリの幅と高さしかない。とつぜん、背後で隔壁が閉まった。反射的に、コワルスキーは落ちてきた隔壁をかわした。これもシュワルツがやったのだろう。砲撃ができるということは、この船のシステムをほぼ完全に制御しているということだ。おそらく外の様子も監視していた。それでリリーの侵入を知り、コワルスキーの追随も確認した。その上で、隔壁を使って甲板の損傷個所を隔離した。

目指すは操縦室だ。

自分がどのあたりにいるのか、コワルスキーにはおおむねわかる。戦闘用艦船の内部構造は、艦の大小にかかわらず想像がつくからだ。問題は、通路の狭さだった。ジャンプできない。どたどたと歩いて進むしかない。ときには、イエロースーツの肩が壁に当たる。腕をぶつけることもある。そのたびに、制動がかかる。

隔壁がそこかしこにあった。海賊の攻撃を封じるため、シュワルツが落としたやつだ。コワルスキーはその隔壁をブラスターで吹き飛ばして前進をつづけた。この船に対する方針は、コワルスキーもシュワルツもタクマも共通している。

破壊してもいい。

さすがにいま墜落されると困るが、不時着レベルくらいなら気にしない。だから、遠慮なく火球を撃ちまくる。

海賊たちがあらわれることもあった。武器をかまえていたら、容赦なくブラスターを発射した。これは海賊相手の戦争だ。連合宇宙軍の士官として、やるべきことをやる。

操縦室まではあと少しだった。そこに到達すれば、タクマとシュワルツがいる、合流できる。

そう思ったとき。

とつぜん、通路の天井が吹き飛んだ。

轟音とともに崩れ落ち、爆風がイエロースーツを打った。

七色の光が、通路を満たす。

リリーだ。リリーがきた。

ブラスターを正面に突きだした。

遅かった。目の前に、リリーがいる。

鈍い音が響いた。イエロースーツの腕を一本折られた。ブラスターが床に落ちた。

直後。

リリーのパンチが、イエロースーツの頭部をえぐった。

仰向けに倒れ、床をすべって壁に激突した。

殺される。相手にならない。

コワルスキーは観念した。

だが、そうならなかった。つぎの攻撃がこなかった。

リリーが失せた。どこかに行った。

操縦室だ。リリーはただの通りすがりだった。操縦室に向かっていたら、たまたまコワルスキーがいた。だから腕をもぎとって、殴り倒した。攻撃能力だけ奪った。

見くびられた。完全に三下扱《さんした》いされた。

冗談ではない。

コワルスキーは立ちあがった。

勝負は、これからだ。

5

「くるぞ！」

シュワルツが言った。言って、操縦席から立ちあがり、ハンドブラスターをかまえた。

銃口をドアに向けた。

「リリーか？」

タクマが訊いた。

「ああ。直接対決だ」

「こいつで対抗できるかな」

タクマは背負っていたバックパックから、組み立て式のバズーカ砲をとりだした。

「至近距離からいま一度首筋の急所に叩きこめれば、もしかしたら……だな」

「もしかしたらかぁ」

「アドロサの攻撃と、マルカの打撃と、この船の砲撃を耐えたやつだぞ」

「んなの、船内に入れちまいやがって」

「外でヨミの翼を食らいたかったか？」

「それはちょっと」

「おまえはシートの陰に隠れろ」シュワルツは言を継いだ。

「俺がリリーを引きつける。その隙を狙い、何がなんでも首筋の急所を射貫け。チャンスは一回限りだ。外したら、終わる。俺もおまえもリリーに殺される」

「シャレにならない状況だよ」

タクマはシートの横にまわった。体を沈め、バズーカ砲を肩の上にのせた。

シュワルツはドアの前に立った。ハンドブラスターを突きだし、真正面からリリーを迎え撃つ。

ドアがひらいた。

あけたのは、シュワルツだ。

リリーがいた。たったいまそこにきた。そんなタイミングだった。

先手をとる。そのために、あえてシュワルツはこれをやった。リリーの動きをセンサーで把握し、最高の瞬間を狙った。

虚を衝かれ、リリーは棒立ちになっている。

コンマ一、二秒のことだ。

その時間が、シュワルツはほしかった。

ハンドブラスターを連射した。トリガーボタンを押しまくり、エネルギーのすべてをこの一瞬で使いきった。

わずか数メートルの距離で、火球が炸裂する。つぎつぎと爆発し、炎が丸く広がる。

その炎をシュワルツも浴びる。

改造した肉体と、特注で誂《あつら》えた戦闘服があるからこそできた捨て身の作戦だ。

炎が割れた。

火炎が左右にひらき、中からリリーが飛びだしてきた。

ダメージはない。

ないが、しかし激怒している。

怒りの矛先は、シュワルツひとりに向けられていた。

その目はシュワルツしか捉えていない。タクマの存在を完全に忘れている。

リリーがシュワルツに襲いかかった。シュワルツが、それをかわすように位置を移した。そのあとをリリーが追う。

背を向けた。タクマに対して。

タクマがでた。シートの陰からでて、バズーカ砲の砲口をリリーの首筋に向けた。

ロックオン！

トリガーレバーを引いた。

轟音が耳をつんざく。鼓膜が震える。

ロケット弾が放たれ、リリーの首に命中した。爆発し、またしても紅蓮の炎がリリーの頭部を包んだ。完璧に急所をえぐった。

さらにもう一発、発射。

この狭い空間でバズーカ砲の連射はハンドブラスターのそれと同じく、あまりにも無謀な攻撃だが、タクマにしてみれば、もはややるしかない。

ロケット弾が爆発する。

リリーの上体が揺らいだ。ぐらりと揺れて、前のめりになった。

効いたか？　意識が薄れたか？

シュワルツが間合いを詰めた。ハンドブラスターの銃口をリリーの顔面に押し当てようとした。射程距離ゼロで、火球を撃ちこむ。

腕が伸びてきた。リリーの右腕だ。シュワルツの手首をつかんだ。つかみ、そのまま握りつぶした。

鮮血が噴きでる。

さらに、左腕が繰りだされた。拳を固め、フック気味のパンチを放った。

シュワルツのこめかみに拳がめりこんだ。

鈍い音がした。頭蓋骨が砕ける音だ。

眼球が飛びだし、シュワルツは血へどを吐いた。

崩れるように、倒れる。

タクマの攻撃も、効いていなかった。

しかし、
倒れるシュワルツに、リリーがつづいた。かぶさるように、体が傾きはじめた。

さっき首筋に受けたロケット弾のダメージだ。衝撃が、ようやく脳に届いた。リリーはバランスを失した。

「シュワルツ！」

タクマが駆け寄った。シュワルツは倒れたまま、身動きひとつしない。何が起きたのかは明らかだ。絶命した。リリーに殺された。だが、タクマの心はそれをすぐには受け入れられない。

まだ撃てる。タクマはリリーに向き直った。

ロケット弾は、あと一発残っていた。これで、リリーにとどめを刺す。動揺している場合ではない。いま、タクマがやるべきことは、それだ。

再びリリーの首筋にロックオンした。

床に落ちる寸前。

リリーが足を一歩、大きく踏みだした。

全身を突っぱらせ、身を起こす。

もちこたえた。ぎりぎりで意識を戻し、リリーは体勢を立て直した。

かぶりを振った。ダメージを一掃する。

首をめぐらし、鋭い視線をタクマに向けた。

目が合った。すさまじい殺意をタクマは感じた。と同時に、タクマの指がトリガーレバーを引いた。

バズーカ砲が吼えた。リリーを撃った。

いや。

リリーは撃てなかった。

その前に、リリーが動いた。

タクマの指がトリガーレバーに触れた瞬間にバズーカ砲が払いのけられた。衝撃でバズーカ砲は暴発し、その反動に煽《あお》られてタクマが床にひっくり返った。ロケット弾は大きく狙いがそれて壁に当たった。

「あなたも死になさい」

リリーが右足を振りあげる。

踏みつぶす気だ。

タクマは逃げられない。腰をしたたかに打った。下半身が痺《しび》れて、立つことができない。

とつぜん炎が弾けた。

ブラスターの火球だ。赤く弾けて、リリーの肩口を灼いた。

「タクマ！」

イエロースーツが操縦室に飛びこんできた。

片腕をもがれ、頭部がへしゃげたイエロースーツだった。が、それでもまだ動く。

スライディングして、リリーの足もとをすり抜けた。

イエロースーツが、タクマをかかえた。

「きさまら」

リリーがうなった。

当たったのが首筋の急所でなかったこともあり、至近距離から火球を食らってもリリーは平然としていた。しかし、背後からの奇襲によって一瞬の隙だけは生じた。その隙を衝いてコワルスキーはタクマを回収した。

反転し、イエロースーツは通路にでようとする。

その正面にリリーが立ちはだかった。さすがにそこまでの隙はつくれなかった。脱出できない。

「だめじゃん」

イエロースーツの腕にはさまれたタクマが言った。

「まだだ」コワルスキーが鼻を鳴らした。

「まだ何かが起きる」

起きた。

船が鳴轟《めいごう》した。

激しく揺れ、床が波打った。

ただの偶然だった。けっして予感していたわけではなかった。ただのやけくそで口にした一言だった。だが、ツキはまだコワルスキーに残っていた。

リリーの足もとが割れた。跳ねあがるように割れ裂けて、そこから何ものかが飛びだしてきた。

「くっ」

リリーが大きく身をかわした。

「おっ、おまえ!」

コワルスキーの目が丸くなった。

飛びだしてきたのは。

アドロサ＝マルカだ。

「生きてたのか？」

タクマも仰天している。

「うおおおおお！」

アドロサ＝マルカが絶叫した。甲高い咆哮《ほうこう》を発した。

無数の電磁メスが乱れ飛ぶ。操縦室の壁、床、天井を見境なく切り裂く。アドロサの攻撃だ。

マルカが拳を振りまわした。手あたり次第、そこらじゅうを殴りまくった。

「やべえ」

タクマの表情がこわばった。

「暴走している」

コワルスキーも愕然となった。

アドロサ＝マルカは、破壊衝動の鬼と化していた。パワー全開となったヨミの翼の一撃を受けて岩山に叩きつけられ、反失神状態に陥った。そこから這いだしてきたものの、いまは意識が朦朧《もうろう》となった状態で闘争本能が肉体が動かしている。何もかも、ただぶち壊すだけの、いわば理性を失った破壊神だ。

「やめろ、こら！」タクマが叫んだ。

「ここは船ん中だぞ。俺たちもいるんだぞ」

「無駄だ」コワルスキーが言った。

「ここは諦めて、いったん逃げる」

タクマをかかえたまま、コワルスキーは走りだした。イエロースーツで、どたどたと操縦室の外へと飛びだした。

リリーは追ってこない。当然である。目の前でアドロサ＝マルカが虎の子の戦闘艇を壊しまくっているのだ。ブラスターとバズーカ砲でしか対抗できない雑魚は、もうどうでもいい。

コワルスキーは通路を駆け抜けた。

背後で、爆発がつぎつぎと起きた。

6

リリーがアドロサ＝マルカと対峙した。

操縦室の端と端に立ち、視線を向き合わせている。操縦室は、もはや原形をとどめていない。コンソールも含めて、ほぼ完全に破壊された。

「リリー」

しばしの間を置いて、アドロサ＝マルカが低い声でつぶやいた。

ふたりの瞳に、光が戻る。

「想像以上にしぶといですね」リリーが言った。

「あれで死なななかったとは」

アドロサ＝マルカは我に返った。先ほどまで、なぜ自分がここにいるのかすら理解できていなかった。しかし、リリーを目のあたりにして、ふいに記憶が蘇った。意識も鮮明になった。

ここは戦闘艇の船内だ。破壊されすぎていて、場所はわからない。だが、ふたりとも、船内のどこかにいる。そして、ここにいる限りリリーはフルパワーで戦えない。

「もう終わりだよ」アドロサ＝マルカは言った。

「不時着した船が飛びあがってしまった。おまけに、あたし相手にヨミの翼を全開にした。これほど派手なマネをしたらどうなるかは、火を見るよりも明らかだ。連合宇宙軍は、間違いなく事態を把握した」

「…………」

「連合宇宙軍はここに向かって急行してくる。到着と同時に総攻撃だ。あんたは、確実に仕留められる。無敵を誇るヨミの翼といえども、大口径ブラスターに直撃されたらひとたまりもない。生きてこの星から脱出することは不可能だ」

「それが、なんだというのです？」

「そうなる前に、あたしが殺してやる」

「寝ぼけたことを」リリーはふっと鼻先で笑った。

「あなたには失望しました」

リリーの物言いはあくまでも穏やかだ。これこそがジェントル・リリーと呼ばれるゆえんである。どのような状況に至ろうとも、取り乱さない。たとえ怒りをあらわにしたとしても、口調だけはジェントルを貫く。

「まさか、わたしを裏切るとは」

「裏切ったんじゃない」アドロサ＝マルカは言葉を返した。

「最初からこうなることになっていた。覚えているか？　マジョラスの第三惑星ヌオーリンの衛星ザーナルを」

「ザーナル……ですか？」

リリーのまなざしが宙を漂った。記憶を探る表情だ。

「知りませんね」

ややあってアドロサ＝マルカに向き直り、言った。

「そうだろうな」うなるように、アドロサ＝マルカは応じた。

「ジェントル・リリーが破壊し尽くしたあまたの星々のひとつにすぎないんだから。あたしは、あんたに虐殺された人びとすべての恨みを凝縮して生まれた。復讐。それだけが、あたしの存在理由だ」

「そんなに、わたしを殺したいのですか?」

「ああ」

「笑止です」今度は、声をあげて笑った。

「ご存知でしょう。わたしは死なぞ恐れない。太く短く生きる。それだけを信条にして、ここまでのしあがってきました」

「だったら、いまここでいさぎよく死ね」

「いいえ」リリーは首を横に振った。

「死は恐れません。恐れませんが、死に方は選びます。この命を誰かにただでくれてやるようなことはしないのです。そう。道連れでも要求しましょうか。星ひとつぶんほどの」

「…………」

「連合宇宙軍がくる。いいですね。かれらの眼前で、この星を徹底的に破壊します。住民を皆殺しにして、屍《しかばね》の山を築きます。もちろん、宇宙軍も屠る。ヨミの翼なら、それができる。殺して殺して、殺しまくって、ともに塵に還《かえ》る。そして、伝説となる。悪を極めた極悪非道の大海賊、ジェントル・リリー。その名は永遠に語り継がれていくはずです」

「正気じゃないな」

「それは、あなたも同じでは？」

「…………」

やりとりが途絶えた。

リリーも、アドロサ＝マルカも、口を閉ざした。

両者のあいだにあるのは、ただ殺気だけとなった。

殺す。

殺す。

互いの〝気〟が頂点に達した。

アドロサ＝マルカが動いた。電磁メスバリアーを前面に広げ、リリーめがけて突っこんだ。

リリーの全身が光った。

再びパワーを全開にした。

イエロースーツが船外にでた。

通路を進んだ先に、あらたな裂け目ができていた。アドロサ＝マルカの侵入口だろう。とてつもない力で打ち破っている。ここから入って、リリーの足もとにもぐりこんだ。

「どうすんだよ？」

タクマがコワルスキーに訊いた。

どうするもこうするもなかった。裂け目は船腹にできていた。甲板ではない。うかつに飛びだしたら、そのまま飛行中の戦闘艇から落下する。

しかし。

ためらっている余裕はなかった。船内でアドロサ＝マルカとリリーが全力を費やしての殺し合いをはじめようとしている。となれば、何がどうなるのかは明白だ。考える必要すらない。

「下は海だ」コワルスキーは言った。

「陸じゃない。高度はせいぜい百メートル。飛び降りても、うまくいけばなんとかなる」

「なんとかなるじゃねーよ」

「おまえは、そのクラッシュジャケットを信じろ。わしはこのイエロースーツを信じる」

「いいいいいい」タクマは叫んだ。

「いやだあああああっ！」

問答無用だった。イエロースーツがジャンプした。腕一本でタクマをしっかりとかかえこみ、コワルスキーは空中に躍りでた。

直後。

戦闘艇が爆発した。

大爆発だった。アドロサ＝マルカとリリーがともにフルパワーを発して激突した。膨大な量のエネルギーが放出され、戦闘艇の内部を粉砕した。

炎と爆風に煽られ、イエロースーツが落ちる。弧を描くこともなく、垂直に落下する。

イエロースーツは、戦闘用パワードスーツと違って足に噴射ノズルを備えていない。減速不能だ。

連合宇宙軍の士官であるコワルスキーは、士官学校時代にパワードスーツでの降下訓練を受けていた。パワードスーツの地上降下は、専用カプセルに入っておこなわれるが、非常時にはそのまま降りることもある。噴射ノズルを操って落下速度を殺したり、バランスをとったりして、地面に軟着陸する。しかし、いまはそれができない。

あっという間に海面が迫った。百メートルの降下、いや転落は瞬時だった。

コワルスキーはからだを丸めた。イエロースーツも連動して背筋が丸くなり、かかえているタクマをかばう体勢になった。

イエロースーツが海面に落ちた。背中からだ。狙いどおりである。強烈なショックがきた。生身なら、もちろん即死だ。が、イエロースーツなら耐えられる。

沈んだ。一気に海中へと没した。

コワルスキーはキャノピーを吹き飛ばした。

操縦席に海水がなだれこんでくる。曲げていた腕を伸ばした。タクマが解き放たれた。

イエロースーツを捨てて、外に躍りでる。足で水を蹴り、浮上を急いだ。タクマがいた。その首筋をつかんだ。

ひたすら水を蹴りまくり、明るいほうへと進む。

ざばあっという音が響いた。海面から首がでた。

戦闘艇の残骸がそこらじゅうに降っていた。まわりでつぎつぎと水柱があがった。高温の熱風が顔をなぶる。

「ぶはっ！」

タクマがコワルスキーの真横にきた。どうやら生きている。

「死ぬかと思ったぜ」

水をゲホゲホと吐きだした。

「あっちが海岸だ」コワルスキーが指差した。

「一キロは離れていない。泳げるか？」

「たぶん」

泳いだ。波が背中を押した。数分泳いだところで足先が海底に触れた。遠浅だ。潮が引いているのかもしれない。前進するにつれて、どんどん浅くなっていく。

海底に立ち、コワルスキーは歩きはじめた。小柄なタクマは、まだ泳いでいる。

行手に人影が見えた。コワルスキーに向かって走ってくる。ふたりだ。どちらも女性である。ひとりは村人で、ひとりは〈コルドバ〉の乗員。

カリンとリュミノ少佐だ。

「コワルスキー！」

カリンが手を振った。

「どうした？　なぜここにきた？」

声を張りあげ、コワルスキーは訊いた。すでに腰までが海面からでた。タクマも泳ぐのをやめて歩きだしていた。

「見えたからよ。あんたたちが」

カリンは言う。

「この娘、目がいいわ」リュミノが言った。

「村の外れの小高い丘で、タクマがいる。黄色い機械人形と一緒に海へと落ちたって、いきなり言いだしたの。あたしには炎と煙を吐いている船以外は何も見えなかったけど、そのあと海に向かって駆けだしたから、あぶないと思ってついてきた」

なるほど。コワルスキーは納得した。さすがはクルセイダーズの視力である。

「海賊の残党はどうなったんだい？」

タクマが訊いた。

「掃討作戦は最終段階よ」リュミノが村に視線を向けた。

「海賊たちは総崩れね。ガストンの部隊が追いまわしている。いまあそこにいるのは降伏した一部の海賊と、あたしたちが連れてきた村人たちだけ。決着するのは時間のもん……」

言葉の最後は聞こえなかった。あらたな爆発音が轟いた。その音で完全に掻き消された。

コワルスキーは背後を振り返った。

7

爆発音は、戦闘艇のそれだった。

いま一度爆発したのだ。

先の爆発は、アドロサ＝マルカとリリーの力が激突したことで起きたものだったが、今度はその余波で戦闘艇の動力を担う機関部が吹き飛んだ。

船体がふたつに割れた。

艦尾側は微塵に砕けて粉々になった。船首側はそのままの形状で海に落ちた。

海水が蒸発して、白い紗幕《しゃまく》のような霧が湧いた。その霧の塊がコワルスキーの目に映った。

白い霧の中に。

黒い影が浮かびあがる。

爆風が渦を巻いた。霧を押し流した。

影の色が濃くなった。輪郭がくっきりと見えた。

リリーだ。

リリーは、海の上にまっすぐ立っていた。高度は数十メートルといったところか。

右手に何かをつかんでいた。

アドロサ＝マルカだ。

リリーはマルカの首を握り、合体したアドロサごとぶらさげている。ふたりとも、皮膚が焼けて剝がれ、全身がぼろぼろだ。マルカには片腕がなく、アドロサも腰から下を失っている。顔に生気はいっさいなく、明らかに絶息していた。

望みはかなわなかった。アドロサもマルカも、返り討ちにされた。

「負けたのか」

コワルスキーがうなる。

どこまで強いのだ。ジェントル・リリーは。

本来なら、タクマやカリンやリュミノに向かって「逃げろ」と叫ぶべきであった。

だが、コワルスキーにそれはできなかった。叫んでも無駄だ。もはや逃れられる場所はどこにもない。リリーは、この星をまるごと破壊するつもりだ。

おのれの命と引き換えに。

リリーが、ゆっくりと浮上した。高度をあげた。

「やりますよ」低い声でリリーは言った。

「皆殺しです。芸術的ジェノサイドです。目に見えるものすべてを焼き尽くし、この世の地獄をここに現出させます。ヨミの翼の本当の恐ろしさを堪能していただきましょう」

リリーの全身が光りはじめた。

翼が、その背中に広がる。七色に輝く、電撃の翼だ。

稲妻が疾った。轟音が響き、空気を震わせた。

「だめだ」

コワルスキーは唇を噛んだ。

「だめじゃねえ」タクマが言った。

「今度も、何か起きるんだろ」

「いや」

コワルスキーは首を横に振った。

この状況、止められる者はどこにもいない。

光が強くなった。強くなるとともに色が抜けていく。どんどん白くなる。

視界が真っ白になった。純白の光の中、見えるのはリリーだけ。あとはすべてを光が白く埋め尽くした。

その白い光に。

赤い光が重なった。

白から赤へ。

暗転ならぬ、いきなりの赤転である。

爆発的な光だった。

光はだしぬけにリリーの頭上へとあらわれ、あらゆるものを一瞬にして真紅に染めた。

火球だ。

直径百メートル余の巨大な火球。

天から降ってきた。降ってきて、リリーを直撃した。

「うおっ」

違う。コワルスキーの目がくらんだ。

コワルスキーだけではない。そこにいあわせたもののすべての視力が、完全に奪われそうになった。

反射的に、目を閉じた。閉じても、まだ眼前が明るく赤い。

爆発音が耳をつんざいた。

衝撃波と熱がコワルスキーを打った。

海水が沸騰した。

雲が生じる。もくもくと湧きあがる。

すさまじい勢いで、雨が降ってきた。水蒸気が凝結し、大粒の雨になった。それがコワルスキーたちの上へと勢いよく落ちてきた。

激しい雨が全身を叩いた。コワルスキーは浅瀬の砂に足をとられ、バランスを崩してひっくり返った。タクマも仰向けに倒れた。

あわてて上体を起こし、コワルスキーは目をひらく。残像となった閃光がきらめていいる視野に、黒い影が入ってきた。背景は青空だ。湧きあがった雲は消え失せた。まばゆくきらめいていた光も、いまはもうどこにもない。

なんだ、この黒い影は？

コワルスキーは瞳を凝らした。

二等辺三角形の、細長い影だった。影はコワルスキーの頭上にあり、少しずつ大きくなっている。どうやら、降下して近づいてきているらしい。

こいつは航空機？

いや、そうじゃない。宇宙船だ。ボディと翼が一体型になった水平型の宇宙船だ。海賊の援軍か。

そう思ったとき、タクマのつぶやく声をコワルスキーは聞いた。

「父ちゃん、母ちゃん」

タクマはそう言った。

父ちゃん？　母ちゃん？

「迎えにきたんだ。俺らを」

タクマはつづけた。

「じゃあ、いまの火球は……」

「大口径ブラスターだ。リリーはまともにその砲撃を食らった。どんな化物でも、一瞬で消滅しちゃう一発だよ。もう何も残ってない。リリーも、アドロサも、マルカも」

「迎えって、おまえが呼んだのか？」

「俺ら、ずうっと信号をクラッシャー専用の回線で流していたんだ。手首の通信端末で。ハイパーウェーブじゃないから、近くまでこないと電波を拾ってもらえなかった。でも、父ちゃんと母ちゃんは、なんとか俺らを追跡してここまできた。それで、信号をキャッチした」

「信号だと」コワルスキーはふんと鼻を鳴らした。

「先に言っておけ、そういうことは」

宇宙船はすぐそこまで降りてきている。

やはり、水平型の白い外洋宇宙船だった。おそらく百二十メートル級。垂直尾翼がある。外観に見覚えはない。はじめて見る船だ。しかし、尾翼にマークが描かれていた。

そのマークをコワルスキーはたしかに知っていた。

J。

「タクマ」かすかに震える声で、コワルスキーは言った。

「おまえの両親って、もしかしたら」

「ああ」タクマは小さくうなずいた。

「父ちゃんはクラッシャージョウ。でもって、母ちゃんはクラッシャーアルフィンだ」

呼びだし音が鳴った。タクマの手首にある端末からだった。

通信が入った。

「元気そうじゃないか、タクマ」

　男の声が響いた。

「元気だよ」タクマは応じた。

「怪我もしてない。連合宇宙軍の大佐が助けてくれたんだ」

「大佐？」

「なんか父ちゃんのこと、心当たりがあるみたいだぜ。巡洋艦〈コルドバ〉の艦長でコワルスキーっていうんだけど」

「コワルスキー！」

「貸せ。そいつを！」

　コワルスキーが、タクマの腕をひっぱった。

「てててててて」

　タクマは悲鳴をあげた。だが、それにかまわずコワルスキーはタクマの手首をつかみ、端末を自分の眼前へと持っていった。

　端末には小さなスクリーンがついていた。そこに男の顔が映っている。

　そうだ。

　これは、あのクラッシャーの顔だ。あの日、あのときから十八年。もう完全におとなのそれだが、見間違えることはない。

俺も生きていたが、こいつも生きていた。

重力崩壊《グラヴィティショナル・コラプス》を起こした恒星アルームの修羅場から無事に脱して。

「よお」弾みそうになる声を全力で抑え、コワルスキーは静かに言った。

「久しぶりだな、ジョウ」

本書は書き下ろしです。

著者略歴　1951年生，法政大学社会学部卒，作家　著書『ダーティペアの大冒険』『ダーティペアの大征服』『連帯惑星ピザンの危機』『ガブリエルの猟犬』（以上早川書房刊）他多数

HM=Hayakawa Mystery
SF=Science Fiction
JA=Japanese Author
NV=Novel
NF=Nonfiction
FT=Fantasy

クラッシャージョウ別巻③

コワルスキーの大冒険《だいぼうけん》

〈JA1511〉

二〇二二年二月十日　印刷
二〇二二年二月十五日　発行

（定価はカバーに表示してあります）

著者　高《たか》千《ち》穂《ほ》遙《はるか》
発行者　早川浩
印刷者　矢部真太郎
発行所　株式会社早川書房
郵便番号　一〇一‐〇〇四六
東京都千代田区神田多町二ノ二
電話　〇三‐三二五二‐三一一一
振替　〇〇一六〇‐三‐四七七九九
https://www.hayakawa-online.co.jp
乱丁・落丁本は小社制作部宛お送り下さい。
送料小社負担にてお取りかえいたします。

印刷・三松堂株式会社　製本・株式会社明光社

ISBN978-4-15-031511-5 C0193